集英社文庫

ねじの回転

FEBRUARY MOMENT

上

恩田陸

集英社

ねじの回転　FEBRUARY MOMENT　〈上〉

主な登場人物

安藤輝三　陸軍歩兵大尉
栗原安秀　陸軍歩兵中尉
石原莞爾　陸軍大佐

ジョン　国連の確定担当官
ニック　国連職員、スケジュール管理者
アリス　国連職員
マツモト　日本の記録確定省職員
アルベルト　コンピューター技師

monologue

……ところで、君は鳩《はと》について考えたことがあるだろうか？

もちろん、あの鳩だよ。神社の境内や、公園の広場でクックッと首を動かして歩いている彼らさ。

いつも考えるんだ。レストランのメニューに載ってる鳩は、普段見ている鳩と同じなのかなって。実際には違うらしいね。神社やその辺にいる、首の周りが緑がかった灰色の連中は、食べてもおいしくないそうだ。

旧約聖書によると、大洪水ののち、水が引き始めたのを見て、ノアは鳩を放した。

鳩は、暫《しばら》くするとオリーブの葉を嘴《くちばし》にくわえて戻ってきたので、ノアは水が引いたのを知ったということになっている。その故事により、オリーブの葉をくわえた鳩は今も平和の象徴になっているわけだ。

「はとむね」という言葉の示すとおり、鳩はその強靭《きょうじん》な胸筋と、先の尖《とが》った羽根によって、優れた飛翔能力を持っている。無風であれば、時速五十キロから百キロのスピードを出せるし、条件さえ良ければ休みなしに千キロ以上を飛ぶことができる。

リョコウバトという名前を聞いたことがあるかな？　十九世紀初頭までは、アメリカ東海岸では最も個体数の多かった鳩だ。カナダ中南部からフロリダまでのアメリカ東部で繁殖し、大移動をしてアメリカ南東部で越冬することからこの名前が付いた。

大集団でなければ繁殖できないという特殊な習性を持ち、一八一〇年のケンタッキー州では、移動する幅二キロ近くの鳩の群れが、四時間ものあいだ途切れずに空を覆い、夜のように真っ暗になったと言われており、その数は二十二億三千万羽と推定されている。

しかし、その天文学的と思えるような数でも、人間には敵《かな》わなかった。その肉や羽毛のために凄《すさ》まじい乱獲が行われ、二十世紀初頭には完全に絶滅してしまった。

鳩は一夫一婦制であり、生涯そのつがいは続く（なるほど、それなら確かに平和なはずだ）。そして、そのパートナーと巣に対する強い執着を利用して広まったのが、伝書鳩だ。

伝書鳩というシステムが確立するよりも遥《はる》か昔から、鳩は広く伝令として使われていた。古代エジプトの建造物にも、鳩を伝令として使った記録が残っている。船乗りたちは、帰港が近いことを、鳩を使って数日前に陸地に知らせていたし、ヨーロッパではギリシアで、オリンピック競技の順位を各選手の出身地に知らせるために、鳩を用意していたという。

鳩が伝令の役割を担《にな》うことになったのは、なんといっても、その優れた方向感覚のおかげだ。訓練された鳩は、継続して三百キロ以上の距離を飛ぶことができるし、夜間も飛べる。なぜ彼らが遠い巣にきちんと帰ってこられるのかは、古くから謎とされてきたが、最近の研究では、鳩の体内に粒子の形で磁鉄鉱《じてっこう》が含まれていることが確認された。身体の中に、文字通り「コンパス」を持っているわけだ。また、鳩は、視覚も非常に優れていて、自分の鳩《きゅう》舎《しゃ》を離れた場所からでも正確に見分けることができる。

　最近、TVを見ていたら、鳩に名画を見せて、ゴッホの絵を選ばせるという訓練をしていた。驚いたことに、ゴッホの絵を長い間見せていると、やがて鳩はゴッホの絵の特徴を覚えて、初めて見せる絵の中からでも、ゴッホの絵を選び出せるようになったんだ。信じられないだろ？　でも、実際に、ハイテク企業の工場で、不良品の選別に鳩が使われているという噂《うわさ》もあるんだぜ。

　とにかく、鳩は、鳩時計以外でも、非常に役に立つということなんだ。

　ゆえに、鳩の軍事利用の開始はとても早かった。その目的は、もちろん通信だ。

　最初は鳩の羽根に直接防水インクで文字が書かれたが、やがて、通信文を足に付けたり、鳩のために作られた背嚢《はいのう》に通信文を入れるようになった。鳩の運べるものには重さに限界があるため、じきにそれはマイクロフィルムや小型カメラになった。

　第二次大戦までは軍用鳩と呼ばれ、どの国も鳩の利用を熱心に行っていた。アメリカなぞは、鳩にミサイルを誘導させることまで考えていたんだ。

　けれど、ご存知のように、通信技術の発達はめざましかった。鳩は機械に追い抜かれ、用無しになったように思われたのさ。君だって、そう思うだろう？　このハイテク時代に、鳩だって？　時代遅れもいいところだ、ってね。

　だが、現在でもフランス軍は鳩の飼育を行っている。湾岸戦争でも、アメリカ軍は通信手段が絶たれた時のために、スイス軍から鳩を借りていた。スイスは山が多い地形だから移動が難しく、昔から鳩を重宝していたんだ。

無線通信の技術が発達するにつれて、その妨害の技術も発達する。その緻密《ちみつ》で複雑なシステムが破壊された時、結局頼るのはアナログな方法だ。鳩はどんなレーダーにも引っ掛からず、面倒な給油も不要だ。飛んでいても他の鳥に紛れて、どれが伝書鳩なのか分からない。経済的だし、人的被害を心配せずに済む。むしろ、技術が発達し、戦争のコストの増大した現代だからこそ、ますます重要なメディアになるかもしれないね。

こんなことを夢想することがある——近未来、戦争は完全に機械化する。兵士たちは、電子機器に囲まれた基地の中で、敵の位置を探知し、遠隔操作でミサイルを飛ばす。地上では無人の偵察機やロボットが動き回り、戦争は静寂に満ちたものになるだろう。沈黙の中で、動き続けるのはコンピューターのみ。世界を無数の電波と信号が行き交い、互いの居場所を探りあう。瞬時に地球を何周もする情報が、億単位で宇宙を飛び交い、その中に無数のニセ情報が混ぜられる。壮大な疑心暗鬼。戦争は、どれが本当の情報かを見分ける解析がその中心になる。実際の交戦は、ほんの数分で決着してしまう。戦争の大部分は、巨大な妄想と戦う心理戦となるのだ。

そして、本物の情報は鳩が運ぶ。

どこの国でも専用の鳩を持ち、連絡は専《もっぱ》ら鳩を介して行われる。青く静かな空を、大量の鳩が飛び交う。コンピューターを通じてハッキングされたり、盗まれて解読されることのない、人間の手で書かれた通信文を背負った無数の鳩が。

どうだい、なかなか美しい光景じゃないか？

さっきから怪訝《けげん》そうな顔をしているね？　面白くないかい？

話の意味が分からない？　いったい何が言いたいんだ、って？

うーん。要するに、価値というのは相対的なものだってことさ。周囲の状況いかんで、モノの価値は変わる。たった一つの条件が変わっただけで、思いもよらぬ価値を持つものがあるっていうことだ。

え？　もっと具体的に？

そうだな。じゃあ、例えばこんな話はどうだろう。

むかしむかしあるところの、ある四日間の話だ……

fragment 1

おととい、サマーキャンプから帰ってきました。

久しぶりにパパとママがむかえに来た時、二人の顔があまりにものっぺらぼうに見えたのでびっくりしました。いつのまにか、こっちのみんなや、みんなのパパとママの顔がいろいろなのになれてしまって、日本人のパパとママの顔がものたりなく感じてしまったのかもしれません。

ぼくは、サマーキャンプが好きです。

こっちに来る前は、日本で交通じこにあって入院していて、そのままこっちに来てしまったので、むこうのみんなにおわかれが言えませんでした。こっちでも、しばらく足をひきずっていてみんなとサッカーや野球ができなかったので、友だちができなかったらどうしようと、とてもしんぱいでした。でも、サマーキャンプがきっかけで、みんなとあそべるようになったし、英語も少しずつ話せるようになりました。こっちの先生や友だちはとてもしんせつで、ぼくのことをカズと呼んでくれました。

だから、今年のキャンプも楽しみにしていました。

キャンプから帰ってきたら、日本のいとこが来ていました。明子ちゃんは、僕よりも一つ年下です。明子ちゃんは、ぼくの日本語がおかしくなっていると言って笑いました。

いったいどこがおかしいの、と言ったら、またげらげら笑うのです。とてもいやでした。どうして日本人は、ことばがおかしいと言って笑うのでしょう。ぼくは、こっちで、どんなに英語がへたでも笑われたことはありません。

でも、日本語がへたになってしまうのは、もっといやです。今はいっしょうけんめい、日本語の本を読んでいます。しょうらいは、こっちと日本を行ったり来たりする仕事をしたいと思います。

ぼくは、一日のうちで朝が一番好きです。朝は、日本でも、こっちでも、同じ音がします。牛乳を運ぶ音です。あのかちゃかちゃという音を聞くと、今日も一日が始まるんだな、と思って、なんとなくうれしくなります。

fragment 2

（前略）

これまで、数限りなく、歴史の上でのイフ《IF》について語られてきた。我々は、無邪気にも、過去に戻りさえすれば、歴史を変えることができると信じてきたのである。映画のフイルムのように、巻き戻してハサミで切り、新しいフイルムを繋《つな》ぎ合わせればよかろう、と。

しかし、我々の認識は、あまりにも甘かった。我々は、取り戻せないものがあることを知った。日々の選択を無為《むい》に委《ゆだ》ね、自分たちの人生をいかに軽視してきたかを、改めて思い知らされることになったのである。

今、我々は、現実を直視しなければならない。もう一つの人生というものは、この世に存在しないのだということを。我々の人生は唯一無二のものであって、代替品は存在しない。それが我々の人生の価値を高めることはあっても、決して我々に絶望を与えるものではないことを、私は信じたいし、今ここで一緒に確認したい。

だが、私は、これが非常につらい選択であることも承知している。我々は、過去の罪も、あやまちも、悔やみきれない唾棄《だき》すべき行為も、全てをありのままに受け入れなければならない。

自分たちがこれまでにやってきた、恥ずべき行為を認めることはつらい。もう一度それをなぞり、再現することに耐えがたい苦痛を覚える者も多いだろう。だが、今こそ我々はそれをやり遂げなければならない。この未だかつてない困難な状況を打開するためには、全ての民族がしっかりと目を開けて、協力しあい冷静に行動することが肝要なのである。

（後略）

一九五一年、国連総会でのトルーマン大統領の演説より

fragment 3

溶けかけた雪は黒く汚れていた。

辺りに、賑《にぎ》やかな帝都の喧騒《けんそう》が戻り始めている。

交通網が回復するにつれ、どっと街にくりだした人々の足の下で、雪はただの濁った黒い水に変わろうとしている。

学生服を着て、かじかむ指先を握りしめながら、足を滑らせぬよう用心して歩いていた少年は、ふと、灰色の雪の中に埋もれているものを見つけた。

群衆の中で足を止め、ゆっくり身体をかがめてその丸いものに手を伸ばした。

少年は、あかぎれだらけの指で、それを拾い上げた。じゃら、と、それに付いている鎖が冷たく手の甲に触れた。

一見、真鍮《しんちゅう》のように見えたが、それにしてはすべすべした手触りに違和感がある。

しかも、それまで雪の中に埋もれていたのに、まるでほんの少し前まで誰かが握っていたかのような、人肌のぬくもりが残っていた。

懐中時計？

少年は、その銀色の丸いものをしげしげと眺め、何気なく蓋《ふた》を開けた。

だが、そこに文字盤はなく、空っぽだった。割れた硝子《ガラス》の破片らしきものが枠に沿ってかすかに残っているだけで、何もない。竜頭《りゅうず》も付いていない。

壊れてしまったから、捨てていったのかな。それとも、懐中時計に似た別のものだったのだろうか。

少年は首をかしげ、人波の中で、一人佇《たたず》んでその空っぽの丸いものを見つめていた。

FEBRUARY 26, 1936

闇《やみ》の中を雪が舞っている。

遠く高いところから無数の雪のかけらが落ちてくるところを見上げていると、郷里の冬を思い出す。庭先の降り積もった雪の上に身体を投げ出して、自分の上に落ちてくる雪を見ていると、世界が白い闇の中に堕《お》ちていくような不思議な気分になったものだ。

男はじっと闇の中で雪を見ている。

郷里の雪は、東京の雪とは違う。もっと無邪気で、もっと恐ろしい。音もなく降り積もる雪は、村を一色に塗り込め、家の梁《はり》に少しずつのしかかっていく。最初は控えめに、やがてじわじわと凶暴さを剝《む》き出しにしていく。雪は何日も続く。浸水する舟から水を汲《く》み出すように、皆が着物に白いまだら模様を作りながら、背中を丸めて雪下ろしをする。降り始めた雪が根雪になった日から、時の流れはゆるやかになり、雪の底で人々は長い日々を暮らす。

東京に降る雪は、どこか卑屈で中途半端だ。灰色の街に落ちる雪はたちまち溶け、汚水となって人々の髪や短靴を濡らす。ここで降るのは、凍った溜息《ためいき》のようなくすんだ色の雪だ。工場の煙や、煙草の灰や、人々の怨嗟《えんさ》や愚痴を吸い込んでいる。

だが、今夜の雪は郷里の匂いがした。

二日以上も断続的に降り続いている雪が街路に積もっているせいか、かつて子供の頃に嗅《か》いだ懐かしい新雪の匂いがする。

安藤輝三《あんどうてるぞう》は、静かに雪の上で足踏みをした。胸元を探り、そっと懐中連絡機《びりおと》を取り出す。銀色の蓋《ふた》を開けると、淡い緑色の光が丸く浮かんで見える。今のところは順調に「確定」が進んでいるらしい。

モニターには、丸い小さな時計と、その下に四角い窓が映っている。上の小さな時計は、再生された現在の時刻だ。一九三六年二月二十六日午前四時二十一分。

そして、その下に、正規の残存時間がデジタルで表示されている。

327 : 50 : 39

雪に濡れた眼鏡越しにも、そこに一秒ずつ減っていく数字がはっきり見て取れる。

この数字が、俺の直面している現実を証明している。掌《てのひら》で体熱を吸って緑色に光っているこの機械が、今の俺の生きるよすがだ。だが、この数字が夢でないと誰が断言できるのだろう？　俺は今、天国で、銃殺された瞬間に見た将来の夢を見ているだけなのかもしれない。

安藤は、ぱちんと音を立てて蓋を閉じた。

彼は、歩き出す。その目的地に向かって。

そう、俺は銃殺されたはずだ。自決に失敗し、取調べの際に弁明する機会も与えられぬまま、刑場の地面に掘った穴の中で銃声を聞いた。

だが、この生々しい感覚はなんだろう。

彼は、自分の後ろに規則正しく続く、遠いこだまのような無数の軍靴《ぐんか》の音に耳を澄ます。俺の後ろをついてくる第三連隊の、二百余名もの下士官と兵士たち。農村の働き盛りの重要な人手であるところを、陛下の名のもとに父兄から預かった大事な子弟たちなのだ。

雪を踏む軍靴の響きは、さざなみを作って背中についてくる。

もしかすると、今俺の後ろをついてくるのは、本当にかつて預かっていた幼い兵士たちの亡霊なのかもしれぬ。言われるままについてきた彼らは、陛下に下賜《かし》された兵士を俺が独断で使ったことを恨んでいるのかもしれない。

まだあどけない、赤い頰《ほお》をした初年兵もいる。彼らはこの一月に入隊したばかりで、ろくに軍装もできない。幼い妹たちを人買いに売り払い、かぼちゃばかり食べて栄養不良のまっ黄色な顔で入ってきた者も多い。検査をする医師たちが、これでは患者じゃないか、これで祖国を守れるのかと危惧《きぐ》するほど、頼りない青年たちだ。軍の食事を、こんなうまいものは生まれて初めて食べたと目を輝かせる彼らを見ていると、ふつふつとやり場のない怒りが湧《わ》いてきたものだ。

なんという現実。なんという矛盾。

安藤の郷里では、あろうことか村役場が、堂々と娘たちの売買の斡旋《あっせん》をしているという話も聞いた。日々の糧《かて》すらままならぬ農村家庭から働き手を集め、ますます彼らの家庭を困窮に追い込んでいるというのに、軍の上層部は料亭で女をはべらし、目先の人事に汲々《きゅうきゅう》としている。政財界の連中の拝金主義は目に余る。己《おのれ》の蓄財のみに血道をあげ、ぬくぬくと肥えている。それでなくとも、列強の締め付けによって上層部は腰砕けになっているのだ。軍縮の余波は士官学校にも及び、カネを食う軍への風当たりは日ごとに冷たさを増していた。

新たな怒りが込み上げてきて、こめかみが熱くなった。

そうだ、俺は何度でもこの道を行くだろう。これは自分の意思なのだ。昭和維新の目的を果たすため、俺は兵たちと一緒に今この坂をのぼっているのだ。もう一度、果たせるものなら果たしてみせよう。やれるものならやってみせよう。自分の決心を、信念を、後悔はしていない。

徐々に目的地が近付いてきた。三宅坂《みやけざか》の奥は、漆黒の闇である。

午前四時五十分。

今度は何も起きなければよいのだが。

安藤は、正規残存時間内での二度目の、鈴木貫太郎《すずきかんたろう》侍従長官邸の襲撃に向け、精神を集中した。

帝都の中枢部は、冬の闇の底で眠りについていた。

が、安藤が今移動をしている三宅坂から宮城《きゅうじょう》を挟んで反対側にある、大きな石造りの建物の一室では、活発な人の動きがあった。

軍人会館である。

もっとも、傍目《はため》には、こんな時間にそこで大勢の人が働いているなどとは、誰も気付かないだろう。

部屋の明かりは極力落としてあるし、窓には遮光フィルムが貼ってある。

薄暗い、二十畳ほどの部屋の中には、鈍い光を放つモニターがずらりと並んでいて、その前に大勢の人間が陣取って作業を続けていた。

中央に並ぶ四つのモニターは、どうやら特別なものらしい。右はしのモニターは真っ暗だが、他の三つは皆、画面が淡い緑色だ。時々画面がゆらりと黄色に変わる時があるが、色が変わるとガチャガチャという耳障《みみざわ》りな音が大きくなる。

それらのモニター前に陣取っている、四十歳前後の白人男性の目は、黄色になったモニターにずっと向けられていた。

「誤差が大きい。もうすぐ限界だ」

赤毛の髪を高く結い上げた女が、モニターに近付いてくる。

「ニック、これはどこの？」

「第三ピリオド」

「誰？」

「クリハラ中尉」

「危ないわね。彼は大丈夫なの？」

「ピリオドの数には限界がある。四人が精一杯だ」

「クリハラを推《お》したのはあなたでしょ」

「仕方があるまい。なるべく求心力があって、指揮系統の中心にいる人間を選んだんだから」

「既《すで》に一回やり直しているのよ。出だしでこれだけ時間を食うなんて、聞いたことがないわ。まだ襲撃予定時刻の五時にも達してない。ここまで八時間近くも掛かってる」

赤毛の女は、柱の上の時計を見る。

現地の再生時間を表す時計と、正規残存時間を示すデジタル時計。

デジタル時計は、非情なスピードでその残り時間を減らしていた。

327：50：15

「二月二十七日には、ここに盗聴設備一式を持って戒厳司令部が来るわ。電話線にあたしたちが紛れ込むだけでも不確定要素が増えるっていうのに」

女は苛立《いらだ》ちの陰に、不安そうな表情を覗《のぞ》かせた。

小さな咳払《せきばら》いが聞こえ、二人はそちらを見た。

小柄で若い東洋人の男が、銀縁眼鏡の奥から、黒目がちの大きな目で周囲のスタッフを見回した。

「そもそも、この二・二六事件は事件当時から謎が多いとされているんです。さまざまな憶測が飛び交っている上に、歴史的な評価もまだ定まっていない。暗黒裁判と言われた裁判記録もまだ公開されていません。この事件で確定するのは、やはりとても難しいと思います」

「だが、国連はこの事件を日本の転換点と見なした」

「ええ、そして介入点にもね」

「仕方がない。そんなことを言ったら、どんな事件でも同じだ。どこか一箇所を選ばなきゃならなかったし、選んだからには、今更これまでの準備を無駄にするわけにもいかないだろ」

ニックと呼ばれた白人男性は、首の後ろで両手を組んだ。

「パーフェクトなんて有り得ない。問題は、どこで妥協し、折り合うかなのだ」

後ろから低い声が聞こえ、ニックはぎょっとして腕を放した。

ぎしっ、と離れたところにある回転椅子が悲鳴を上げた。無理もない、椅子から溢《あふ》れ出さんばかりの巨体の黒人が、肘《ひじ》掛《か》けに手を押し当てて立ち上がったのだ。

「今更計画は止められない。我々は、ただやり遂げるしかないのさ。『聖なる暗殺』だって、実施された当時は世界中から熱狂的な賞賛を受け、人類最大の功績とまで持ち上げられた。そうだろ、マツモト？　まさかアメリカ東部にしわ寄せが来るなんて、誰も考えなかったのさ。それに、確定できるかどうか判定するのは我々じゃない、あの『シンデレラの靴』だ」

赤いネクタイをした男は、両手を広げ、部屋の隅にあるひときわ大きなコンピューターを指差した。

ジョンは、国際連合の確定担当官であり、このプロジェクトの責任者でもある。

「余計な心配はしないでよろしい。今は着実に確定を進めていくことが第一だ」

マツモトと呼ばれた男は、小さく肩をすくめ、周囲に聞かれぬよう小さな溜息をついた。

力を抜いたとたん、胃がきりきりと痛む。彼は顔をしかめ、胃を押さえた。

まさか、日本が最後になってしまうとは。しかも、こんなぎりぎりの時間に。

引き出しを探り、胃薬を見つけ出す。眠くならないように、少しだけにしよう。

マツモトは、ぬるくなったコーヒーで胃薬を流し込んだ。

『聖なる暗殺』の後始末は予想以上に手間取った。連合軍は第二次大戦終了時、かなりの情報を集めていたのでそちらの修復の方が容易だと見なされたのだ。そのため、日本への国連の派遣は遅れた。記録確定省は自主的に準備を続けていたが、事実関係の把握は困難を極めた。国連の杓子定規《しゃくしじょうぎ》な介入に対する非難が高まっていたが、本格的な検証は、この正規残存時間が終了してからのことになるだろう。

「ねえ、ジョン、第四ピリオドは誰が持っているの？」

赤毛の女がさりげなく巨漢の黒人に尋ねた。

男は取り合わない。

「あれは予備さ。誰にも持たせてない。モニターを見ろ、真っ暗だろ？　分かりきったことだ」

「そうなの？　てっきりあたしは誰かが持っているんだとばかり」

女は、右はしのモニターの暗い画面に目をやる。

突然、さっきから色が黄色になっていた真ん中のモニターのガチャガチャという音が大きくなった。色は更に鮮やかさを増し、明るい山吹色《やまぶき》に変わっていく。

「畜生《ちくしょう》、駄目だ、限界だ」

ニックが呻《うめ》き声を上げて、キーボードを乱暴に叩《たた》いた。

がちゃんがちゃん、がちゃがちゃと、モニターは悲鳴にも似たけたたましい音を出し続ける。ジョンは腕組みをして険《けわ》しい顔で画面に見入っているし、他のスタッフにも動揺が走った。

「もう駄目だわ。第三ピリオドに連絡を」

女は、部屋の中央の小さな木のテーブルに置いた黒い電話機に手を伸ばした。

モニター画面がパッと赤くなり、その真ん中に黒い文字が浮かび上がると、画面は激しく点滅した。

不一致。再生を中断せよ。

弱々しい街灯の明かりに、きらりと雪片が光ったと思った瞬間、突然青白い光は輝きを失い、そのまま額縁に嵌《は》め込まれたように静止した。

安藤はハッとした。

ジリリリリ。**じりりりりり**。

ベルが鳴っている。無粋《ぶすい》で、遠慮のないベルの音。

二月の底冷えする夜の空に、溶けかかった白い雪がかすれたような線を描いて静止している。雪だけではない。存在する全て——彼を除いて——のものが静止していた。

安藤は、ゆっくりと後ろを振り返る。

第三連隊は、夜の雪の中で静止していた。

無数の雪片が、空中で闇に繋ぎ止められている。

空中に踏み出された軍靴が、宙で止まっている。

兵士たちは、思い思いの表情で凍り付いていた。緊張、気負い、寒さ、不安。ほのかに開いた唇の間に、唾液《だえき》が糸を引いている。眼球の潤んだ水分が、遠い街灯の光を映している。

四列縦隊の真ん中の兵士たちが抱えている、半分に切った梯子《はしご》が空中で斜めに浮かんでいた。

小銃の革のベルトが、たわんで宙にとどまっている。

また中断したな。

周囲のものをまじまじと観察してから、安藤は初めて胸ポケットの中で懐中連絡機が震えているのに気付いた。なんて馬鹿でかい音なんだ。

安藤は懐中連絡機を取り出し、蓋を開けた。

モニター全体が赤く点滅し、黒い文字が浮かび上がっていた。

不一致。再生を中断せよ。

安藤は、短く溜息をついた。

ここまでの部分は確定できたのだろうか。さっき中断したのは、再生時間が午前二時半の時だった。湯河原《ゆがわら》を目指した河野大尉のハイヤーが、雪にスリップして接触事故を起こしたためだったという。

今度は何があったんだろう。

かすかな疲労感と共に、どす黒い不安が込み上げてきた。

この調子で四日間を再生するには、いったいどれくらいの時間が掛かるのだろう。自分の体力は持ちこたえられるだろうか。本当に、こんなことが成功するのだろうか。

安藤は、点滅するモニターを見つめた。

「3」という数字が浮かび上がっているところを見ると、今回不一致になった場所に一番近いのは栗原中尉らしい。

安藤は棒立ちになった。

栗原も、自分と思いは同じだろう。せっかく天に与えられたこの機会を、なんとかうまく使うことはできないだろうか、この機会に何か自分にできることがあるのではないか、と。

安藤は静止した夜の底で考える。

何ができるだろう？　奴らの目をかいくぐって？　栗原、おまえは何を考えている？　困難な状況においては、周囲を密《みつ》に観察し、戦況を冷静に判断せよ。

安藤はじっと考える。あの連中からの連絡を待ちながら、一人だけうろうろと歩き回り、兵士たちの顔を眺め、記憶の中に打開策を探る。

何かがあるはずだ。奴らの知らない事実。俺たちだけが知っている事実。それをうまく利用すれば、ほんの僅《わず》かでもいい、後世への活路を開くことができるかもしれない。

濃い闇の中で、安藤の丸い眼鏡に、静止した雪のかけらが映っている。

じりりりりり。じりりりりり。

懐中連絡機のベルが鳴り続けている。

全てを中断する耳障りな音。そして、ベルが鳴り始めたのと同時に、栗原安秀《くりはらやすひで》の周りの空気が静止していた。

栗原はチッと舌打ちし、その色白の肌を上気させると、構えた拳銃を下ろした。

いまいましげな顔で、胸ポケットから懐中連絡機を取り出す。

蓋を開けると「**不一致。応答せよ**」の文字があった。

連絡機に応答しない限り、この緊縛《きんばく》は解けない。

『不一致』の判定と同時に再生の全てが停止し、これまでに確定されてきた部分も、一時的に確定前の状態に戻る。もしこのまま連絡機に応答せずに放置しておくと、システム全体に負荷がかかり、これまで確定してきた部分まで全てリセットされてしまうのだ。そのため、ベルが鳴って『不一致』が通知され、「応答せよ」の文字が出たら、何をおいてもすぐに応答ボタンを押して電話に出るよう厳命されていた。

『不一致』の理由は分かっていた。

栗原らは首相官邸目指して早く出発したが、運悪く数人の酔っ払いに出くわしたのである。こんな時間まで飲んでいたところをみると、どうやら相当に虫の居所が悪かったらしい。おまけにどの男もぐでんぐでんで、移動を続ける彼らに執拗《しつよう》に絡《から》んできた。栗原は構うなと合図したが、若い兵士はしつこくつきまとってくる酔っ払いが腹に据えかねたらしく（極度の緊張のせいもあったろう）、とうとう相手を突き飛ばしてしまったのだ。

折からの雪ときつい坂、その上ひどい酔いのせいで、相手は足を滑らせ頭を強く打った。しまったと思った時には、男はおかしな方向に首を向けて、既に昏倒《こんとう》していた。

「もしもし」

栗原は連絡機の応答ボタンを押し、早口で答えた。

「録行不一致です。再生を中断します。誰か倒れていますね？　兵士ですか？」

機械的な女の声で日本語が流れてくる。かなり流暢《りゅうちょう》だが、外国人特有のイントネーションだ。

「通りがかりの酔っ払いだ。緊張した若い兵が突き飛ばしてしまった。恐らくもう死んでいる」

「分かりました。リセットします」

「随分、最初の話と違うな。ちっとも同じにはならないぞ」

「多少の誤差は織り込み済みです。二十七分のリセットになる予定です。そのまま待つように」

二十七分間。

栗原は、かすかに天を仰いだ。まだらな雪が、空に散ったまま止まっている。

相当な重労働になることは確かだった。

これから何度、この四日間を繰り返すことになるのだろう。いや、二週間以内に、この四日間全てを再生することができるのだろうか。

その壮大な労力を考えるとうんざりした。鍛え抜かれた若手将校でも、体力的な負担はかなりのものになりそうだ。

栗原は、その神経質とも見える女顔に、酷薄な表情を浮かべて考えこんだ。

それにしても、事前に聞いていた話とは随分違うじゃないか。奴らの話では、歴史はおのずと自己修復を図るということだった。特に我々が意識的な作為をしなくても、自然とかつて起きた事象が繰り返されるのだ、と。

栗原は拳銃をしまい、自分の掌をじっと見下ろした。

銀色の皮膚に、生命線が暗い窪《くぼ》みを作っている。生命線だって、刻一刻と変わっていくというではないか。

軍靴で足元の雪をこすってみる。石畳が黒く覗いた。

時間は停止しているが、懐中連絡機を持っている彼は、こうして雪に力を加えることができるのだ。今ならば、どこにでも盗みに入り、誰にも気付かれぬまま財宝を持ってくることだって可能だ。

栗原は、最初は面食らった目の前の光景に、既に慣れ始めている自分を不思議に思った。人間、なんにでも慣れてしまうものなのだ。

そもそも、この状況を受け入れていることの方がよっぽど異常だった。まだ夢の中にいるような心地がする。なぜこの俺が？

いかにも謹厳実直で素朴さを残している安藤に比べ、すらりとした栗原の細面《ほそおもて》の顔には、まだ少年の面影が残っている。

奴らの説明を自分なりに理解したつもりだったが、既にこの数時間で分からなくなってきている。確かに目の前の風景は、あの日、あの時の風景だ。かつて見たあの日の光景であり、あの日の自分を繰り返しているようではあるのだが、さっきの酔っ払いにしろ、河野大尉の事故にしろ、全く新しい事象である。それに、細かいところも随分違っている。会話のはしばしの文句、歩いた場所。これでも構わないというのなら、あの巨大な演算機械が、かつての歴史とこの再生した歴史を一致したと認める基準は、かなり大雑把《おおざっぱ》だということになる。

栗原は、皇道《こうどう》派の急先鋒《きゆうせんぽう》とみなされている青年将校の一人だ。気性が激しく癇《かん》の強い男だが、頭脳明晰《めいせき》で弁舌がうまく、人を惹《ひ》き付ける吸引力がある。思想はともかく、論理的な思考においては、かなり冷静な男だった。

新たな登場人物は許されないというわけか。

栗原は、道路に倒れている中年男を見下ろした。河野大尉の事故も、双方が怪我をしたと言っていたっけ。

彼もまた、静かに足踏みをしながら、安藤と同じことを考えていた。

彼は、なぜ自分がこのような状況に置かれたのかは分からないが、何者かが与えてくれたこの機会を生かすためにここに舞い戻れたのだ、と信じていた。誰かが目的を果たせと囁《ささや》いているのだ。自分にそれをやり遂げろ、と。

栗原は、薄目を開けてじっと闇の奥を見つめていた。

体力は温存しておかねば。まだ先は長い。

懐中連絡機が再び鳴った。蓋を開けると文字が浮かぶ。

「**リセットの準備完了。正式遡行《そこう》は二十五分。待機せよ**」

栗原は隊列の先頭に戻り、ぎゅっと軍帽をかぶり直した。

二十五分か。さっきよりは楽だろう。

前触れなしに、**ずしん**、と身体に負荷が掛かった。思わず呻き声を漏らす。

全身に洗濯バサミを付けて、上から吊《つ》り上げられているかのようだ。

こめかみが、首の後ろが、内臓がひきつる。

「うおおお」

懐中連絡機の時計の針が、じりじりと戻り始める。

栗原は、激しい負荷に耐えながらも、じっとその針を見つめていた。まぶたがぶるぶる震えている。全身に脂汗が浮かぶ。

針の動きが止まり、フッと身体が楽になった。

栗原は、大きく安堵《あんど》して、モニターの文字を見つめる。

「**遡行完了。再生開始**」

栗原はぱちんと蓋を閉じ、ごくりと唾《つば》を飲み込んでこめかみの汗を拭《ぬぐ》うと、何もなかったかのように歩き出した。


【二・二六事件】一九三六年二月二六日、陸軍の皇道派青年将校らが国家改造・統制派打倒を目指し、約千五百名の部隊を率いて首相官邸などを襲撃したクーデター事件。内大臣斎藤実・大蔵大臣高橋是清・教育総監渡辺錠太郎を殺害、東京麴町区永田町一帯を占拠。翌日戒厳令公布。二九日に無血で鎮定、事件後、粛軍の名のもとに軍部の政治支配力は著しく強化された。

広辞苑を開き、赤毛の女は何度も読んでいるその項目をもう一度読み返す。単なる気休めなのだが、そうしていないとなんとなく不安なのだ。

三つのモニターは、全て薄緑色に輝いていた。

大丈夫。今度は大丈夫。

再生時間を示す文字盤は、まもなく五時を指そうとしていた。

「いよいよ襲撃だわ」

女は思わず胸で十字を切った。


一九三六年、二月二十六日未明。血の惨劇は幕を開けた。

所沢飛行学校からただ一人この決起に参加した革新派の将校、河野《こうの》寿《ひさし》大尉は、民間人を含む七人を率いて湯河原温泉に到着。旅館にて静養中の、前内大臣牧野《まきの》伸顕《のぶあき》を襲撃する。

彼らは電報を装って戸を開けさせ、宿直の警官と撃ち合いになった。

警官に撃たれ重傷を負った河野大尉は牧野伸顕の寝室に向けて機銃掃射を命じ、旅館に火を放った。応戦した巡査が死亡したが、牧野伸顕は付き添いの者の誘導で、辛《から》くも逃げ出して無事だった。

坂《さか》井《い》直《なおし》中尉率いる二百十名の部隊は、四谷《よつや》にある斎藤《さいとう》実《まこと》内大臣の私邸を襲撃。

邸内にいた三十人ほどの警官をあっという間に封じ込め、二階の寝室に押し入った。

身を挺《てい》して夫をかばおうとする夫人を押しのけ、将校たちは銃や機関銃を乱射したため斎藤は死亡。彼らは万歳三唱をして、次の襲撃先である、杉並区の教育総監渡辺錠太郎《わたなべじょうたろう》宅へ向かう。

中橋基明《なかはしもとあき》中尉率いる百二十余名の部隊は、蔵相高橋是清《たかはしこれきよ》の私邸を襲撃。一人でいた高橋是清を、中橋中尉と中島少尉の二人が、拳銃及び軍刀で殺害。高橋はほぼ即死状態であった。

斎藤実を殺害した坂井部隊は、他の決起部隊と合流し、そこから分かれた高橋太郎《たかはしたろう》少尉、安田優《やすだゆたか》少尉に率いられた約三十名の兵士は、杉並区上荻窪《かみおぎくぼ》の渡辺錠太郎の私邸を襲撃。渡辺も応戦するが、夫人と娘の目の前で十数発もの弾丸を受け、軍刀でとどめを刺されて無残な死を遂げる。

一方、野中四郎《のなかしろう》大尉の率いる五百名もの大部隊は、重装備で警視庁を包囲。中にいた警官隊はなすすべもなく、無血で警視庁を明け渡した。

闇の底に煙る血の匂い。早朝の勝どき。青年たちは、血に酔い、興奮して、ある者は恍惚《こうこつ》とし、ある者はもはや引き返すことのできない己の運命に戦慄《せんりつ》する。

そして、今、栗原は青ざめた顔で決断を迫られていた。

彼は、林八郎《はやしはちろう》少尉、池田俊彦《いけだとしひこ》少尉、対馬勝雄《つしまかつお》中尉と共に、約三百名を率いて首相官邸に到着した。

裏門の警備をしていた警官をまず栗原が取り押さえて脅し、官邸内警備の警官に声を掛けて門を開けさせる。警察官詰め所にいた四十人余りの警官は、一網打尽にされて武器を押収され、邸内に残っていた四名の警官との銃撃戦になった。

しかし、機関銃などで重武装していた数百名の兵士に敵《かな》うはずもなく、四人全員が射殺及び斬殺《ざんさつ》される。

その時、邸内にいた一人の老人が、若い兵士たちに引き出された。

林少尉の命令で射殺。

老人は引き出された時から何かを叫んでいたが、中庭でドウとくずおれた。

栗原は官邸の中を歩き回り、小さな額に入った首相の写真を手に取る。

写真を手に取った栗原の顔は、見る見るうちに歪《ゆが》んだ。

そう、あの時の俺は気付かなかった。間近に見たことのない首相の顔と、死体を見比べるのは、意外に難しいことだったのだ。

栗原は、この件について、実はずっと逡巡《しゅんじゅん》していた。

俺はこの写真を持って中庭に行き、あの年寄りの死体と見比べなければならない——あの血塗《ちまみ》れで絶命している顔と見比べ、あの死体が岡田首相本人だと、断定しなければならないのだ！

今、栗原の肩はかすかに震えていた。

硝子《ガラス》の額の奥の写真。

そう、今の彼ならば知っている。中庭に横たわる死体が本物の岡田啓介《おかだけいすけ》首相ではないことを。

ここでは、彼だけが知っている。あの男は岡田首相の義理の弟であり、背格好が似ているのをいいことに、普段から彼の影武者を志願して、わざと髪型や髭《ひげ》の格好まで同じにしていたのだということを。

ここに来た時から、この瞬間を恐れていた。自分にそんな演技ができるだろうか？なにしろ、今の彼は知っている、のだ。本物の岡田首相が、屋敷のどこかの押入れに隠れていることを。

栗原は冷や汗を流し始めた。

あの死体を岡田だと断定し、部下たちと万歳を叫び、勝利の杯《さかずき》を交わす。今、自分がやらなければならないことは、それなのだ。なぜならば、それがかつてここで起きたことであり、史実もそうなっているからだ。

頭の中で、赤く煮えたぎる何かが揺れていた。

そいつは首相ではない！　今もきゃつは屋敷の中に隠れている！　探し出せ！

俺が今、そう叫んだとしたらどうなる？

だが、結局は同じことなのだ、と誰かが冷静な声で囁く。

そんなことをしたって、『不一致』になるだけ。またやり直しだ。かつてあった史実、記録された史実は変えられない。記録と一致するまで、この作業はえんえんと続く。俺たちに勝ち目はない。さあ、あの死体を首相だと断定せよ。断定しなければ、また『不一致』になってしまう。『不一致』になれば、またどこかからのやり直しになってしまうのだ。下手《へた》をすれば、今一斉に各地で行われている襲撃すべてがおじゃんになってしまう。もう一度殺戮《さつりく》を繰り返すのか？

栗原はぎゅっと歯を食いしばり、写真立てを持って中庭に駆け出した。

血塗れの顔を見た瞬間、ぱっとその言葉が喉《のど》を突いて出た。

「これだ、これだ」

たちまち周囲の空気がほどけるのが分かった。

どこからともなく万歳が起こり、血の匂いの漂う屋敷は、兵士たちの歓喜の声に包まれた。

栗原は、四斗樽《しとだる》を運ばせながらも、冷たい汗を流していた。

危ないところだった。あまり躊躇《ちゅうちょ》していると、また『不一致』に引っ掛かってしまう。

（いる。まだこの屋敷のどこかにあの男がいる。むざむざ逃がしてしまっていいのか。自分の義弟を見殺しにし、一人助かろうと女々《めめ》しく息を潜《ひそ》めているあの男が）

これでよかったんだ、これで。

兵士たちの歓喜の声が、自分の血をどくどく逆流させるのを感じながら、栗原は引き裂かれそうな心を必死に宥《なだ》めていた。ふと、弱気な自分が顔を覗かせる――俺は本当に、このまま自分を抑えていることができるのだろうか？　どうすればいい、どうすれば。

（だいじょうぶ）

どこかでまた、別の囁き声が聞こえた。

（とりあえず、史実通りの行動をしたじゃないか。だが、俺は知っている。あの男がこの屋敷を脱出するのは、確か二十七日になってからだよな？　このことが何を意味すると思う？）

栗原は大きく呼吸して、つかのまの勝利のざわめきを聞く。

少しずつ心が落ち着いてきた。

ともかく、襲撃は成功した。成功したはずだ。懐中連絡機がまだ鳴る気配はない。ここまでは無事に再生されている。

栗原は、そっと胸に手を当てた。そこには、確かに丸い塊がある。やはり夢ではない。

ふと、ある考えが脳裏に浮かんだ。

ここまでが確定されてからだったらどうだ？　一通り襲撃が済み、今夜、みんなが寝静まった頃、この屋敷で何か事故が起きたとしたら。確かに襲撃では奴は死ななかった。それが史実だ。だが、その後は？

ようやく汗が引いてきた。

もう一度この襲撃をやり直すのは願い下げだが、今夜、あいつに一太刀《ひとたち》食らわせて『不一致』になるのならば、俺の溜飲《りゅういん》も下がる。その時点でやり直しになるのは構わない。これは、試してみる価値があるのではないか？　俺があいつに天誅《てんちゅう》を加えたら『不一致』になるのかどうか。あの『灰かぶり姫』は、どこまでを『不一致』と判定するのか。

それは、これからの四日間を、俺がどう過ごすかの指針になるはずだ。

栗原は、ようやくほのかに心からの笑みを浮かべ、兵士たちの祝祭に加わった。


同じ頃、再び動き出した部隊を引き連れて、安藤輝三は鈴木侍従長官邸を襲撃していた。

いつか見た光景。いつか見た悪夢。かつて言葉を交わし、意見交換をしたこともある相手である。その相手を、今、俺は討つ側に回っている。

梯子を掛けて手際よく高い塀を越え、警備の警官を訓練された兵士が押さえつける。安藤の統率力は抜群だった。無駄のない動きで、たちまち大勢の兵士が闇の中の家に押し入っていく。

夫妻が起き出してくる気配があった。

安藤は、口の中で何か苦いものがザラザラするのを感じながら、低く命じる。

「撃て」

躊躇なく発射される弾丸。兵士の手は反動で宙に跳ね返り、明るい銃声は部屋の奥で手応《てごた》えを感じさせた。

硝煙の中、布団の上にバッタリと倒れ込む男。

「中隊長どの、とどめを」

兵士が安藤を促す。

安藤は、血に彩られた鈴木侍従長を覗き込む。いつのまにか、隣に座り込んでいた夫人が「それだけは」と安藤に懇願した。安藤は、出しかけていた軍刀を収めた。とどめを刺さずに引き返すことにする。

これも知っている光景。いつか見た光景。

どこか虚無にも似た感情が、彼の心を重くした。

部屋を出ようとする安藤の背中に、夫人のひきつった泣き声が覆い被《かぶ》さってきた。

えっ？

安藤は、ギクリとして後ろを振り返った。

夫人が、侍従長の身体にとりすがっている。

「あなた、あなた。あなたぁあ」

侍従長は、ピクリともしなかった。

おかしい。あれではまるで。

安藤は部屋の中に引き返し、「閣下」と声を掛ける。

夫人の声は、何かを確信した号泣《ごうきゅう》に変わった。

安藤は、自分の目を疑った。

いいいい、

絶命している。

安藤は、素早く侍従長の手を取り脈を診《み》た。

そこには、全く生命の兆《きざ》しはなかった。

死んでいる。そんな馬鹿な。侍従長は、俺がとどめを刺さなかったために、命を取り留めるはずだ。それが正しい史実のはず。

不一致になる。

安藤は、そう思いついて顔色を変えた。

史実との不一致だ。やり直しになる。ひょっとすると、この千名以上の兵士たちが決起した襲撃そのものがやり直しになってしまうかも。

思わず天を仰ぐ。また雪の三宅坂をのぼり、侍従長を「撃て」と命令しなければならないとは。

全身に悪寒《おかん》が走る。

「中隊長どの」

安藤は声を掛けられ、ようやく我に返った。とにかく、この場を去らねばならない。

侍従長の亡骸《なきがら》に敬礼をし、捧《ささ》げ銃《つつ》をしながらも、彼はいつ懐中連絡機が鳴りだすかと気が気ではなかった。

鳴る。きっと鳴る。ここで侍従長が死んでしまうなんて、完全な不一致だ。

心臓がどくどく鳴り始める。自分の心臓の音をベルの音と錯覚してしまいそうだ。

鳴る。必ず鳴る。今にも兵士たちはぴたりと動かなくなるのだ。

安藤は上《うわ》の空《そら》で外に出た。ようやく、空が明るくなり始めていた。

だが、ベルは鳴らない。

確定されている。

安藤は混乱した頭で考えた。

なぜだ？　なぜ不一致にならない？

胸に手を当てて、彼は待った。しかし、やはりベルは鳴らない。再生は続いているのだ。

白む空を見上げながら、安藤は別のことに気付いてゾッとした。

この事実が確定されるのだ。かつての史実と違っていても、俺は鈴木侍従長を殺した殺人者として記録に残されるのだ。俺の方から訂正を申し入れることはできない。これが定まった史実となる。

部下にさんざん殺させておいて今更勝手な言い草だが、生きていたはずの人間が死んでしまったというのは、全然違う。胸に粘り付くような後味の悪さ。

殺人者。これが、俺と残された家族への烙印《らくいん》となるのだ。

安藤はそれでもベルを待ち続けていたが、ついにこの時は鳴らなかった。


明らむ空。

ここにまた一人、夜が明ける前から闇の中に仰臥《ぎょうが》して、身動きもせず冷めた目で天井を見つめている男があった。

白髪混じりの胡麻塩頭《ごましおあたま》、への字に曲げられた口。

その目は硝子玉《ガラスだま》のように無表情だ。

男は寝床の中で、大きく欠伸《あくび》をした。手を伸ばして、ぼりぼりと頭を掻《か》く。

夢を見ていたな。

男は、まぶたの裏に浮かんだ幻影を追う。どこまでも続く澄んだ空、ライラックやアカシアの大きな街路樹、ホテルの演奏会へと向かう着飾った外国人、忙しく道を行き交う馬と商人たち、放射線状に延びた堂々たる道路、威容を誇る石造りの建築群——

美しい国だった。

男は再びまぶたを閉じる。

しかし、今度浮かんだのは、炎上し、崩れゆく建築群だった。燃える映画館。焼け落ちる看板。貨車が脱線した鉄路。逃げ惑う人々、そこここに転がる死体。

あの美しい国が、やがて跡形もなく消滅するのか。我々の活路となり、希望となり、流浪《るろう》の民《たみ》を受け入れて民族の理想を実現するはずだった新しい国が。

男は額に手を当てて、じっと残像を追っていた。

やはり時代の徒花《あだばな》だったのだろうか。

頭の中で、燃え落ちる都市の影が沈んでゆき、闇になる。その中から、すうっと蛇のような茎が伸びてきて、音もなく蓮《はす》の花が開いた。白く光る花びらから闇に落ちる雫《しずく》。

男はハッとして目を見開いた。

無意識のうちに、寝巻きの中の丸い銀色の機械をつかむ。

ただの徒花であるはずがない。俺たちが心血《しんけつ》を注《そそ》いだあの美しい国も、今ここでこうしている俺も、今闇の中で暴走を始めようとしている若者たちも。このままでは終わらせられない、このままでは――徒花には徒花なりの散り方があるのだ。

男はむくりと布団の上に上半身を起こした。

ふと、床の間の一輪《いちりん》挿《ざ》しに活けられた、華奢《きゃしゃ》な水仙の花が開いていることに気付く。

なるほど、この香りで蓮の花の夢を。

男は納得して、背筋を伸ばした。もう完全に目は覚めていた。

もうすぐ彼は出掛けていかなければならない。歯車はもう回り始めている。

鋭さを増した目は、遠く離れた出来事に耳を澄ますかのように、ちらりと動いた。

男は静かに立ち上がり、顔を洗いに行くために襖《ふすま》を開けた。

満州国《まんしゅうこく》の立役者であり、陸軍始まって以来の傑物と言われた石原莞爾《いしはらかんじ》である。

襲撃が終わってからの再生は順調に流れていた。

刻一刻と正規残存時間が減ってゆく。

再生時間内では時間を遡《さかのぼ》ることができるけれども、その時間も正規残存時間内では使った時間としてカウントされる。壁に掛かったアナログ時計の針は戻るが、デジタル表示された時刻はひたすら減っていくだけだ。

324 : 47 : 21

軍人会館内で、一見ビジネスライクに淡々と作業をしているように見えるスタッフにとっても、このデジタル表示はかなりのプレッシャーだった。まさに、一粒一粒砂が落ちていくのが目に見えるのだ。誰もが平静を装い、デジタル表示を見ないふりをしているが、ここで彼らを支配し、駆り立てているのはこの時計だった。

緑色のモニターの前では、くいいるような目をした国連職員たちが、二時間交替で、三つのピリオドを通じて送られてくる事象を、少しずつ辛抱《しんぼう》強く確定していく。それに付随した処理や記録は、また別のチームが担当している。それでもまだ、やっと二月二十六日の、午前六時までの事象が確定されたところだった。

モニターの画面上で緑色に見えているものは、無数の事象のデータである。よく見ると、色の付いた無数の点が、上から下へと流れているのが分かるだろう。『シンデレラの靴』が、正常範囲と認識していれば、データは緑色だ。だが、『シンデレラの靴』が認識している歴史との誤差が広がると、データの色は変わっていく。

突然、ピシッという音を立てて、一瞬画面が赤く変わった。

モニターの前の職員は、一瞬全身を強張《こわば》らせた。

が、あくまでそれはほんの一瞬だけで、すぐに緑色のデータがモニターに現れ、正常に流れ始めた。職員はホッと安堵の溜息を漏らす。

「何、今の」

近くを通りかかった赤毛の女が、神経質に尋ねた。

「ケーブルの接続異常でしょう、アリス」

キーボードを打っていたそばかすだらけの若い男は、宥めるような口調で答えた。

「なにしろ、五大陸でフル回転してきましたからね。そろそろケーブルを取り替えた方がいいんでしょうけど、いったんケーブルを外したら何かアクシデントがおきそうな気がして、誰もケーブルを取り替える勇気がないんですよ」

「そういうのってあるわね——使い込んだ機械の部品を取り替えるのって勇気がいるものだわ。なんとなくツキが落ちそうな気がするのよね」

アリスは、自分に言い聞かせるように呟《つぶや》いた。

このプロジェクトが始まり、正規残存時間が減っていくに従って、『シンデレラの靴』のお座敷は多くなった。世界中の舞踏会からお呼びが掛かったようなものだ。確かに、いい加減踊り疲れていることだろう。ふと、「赤い靴」の話が脳裏に浮かび、不吉な予感が閃《ひらめ》いたのを、彼女は慌てて振り払った。

窓の外は、しらじらと夜が明け始めていた。

「でも——断線か何かかしらね、今のは？　誰のピリオド？」

それでも不安を拭い切れないらしく、アリスはもう一度尋ねた。

「2番です。アンドーの」

「アンドーの」

アリスは繰り返した。

モニターの画面には、穏やかな緑色が流れ続けている。

蹶起《けっき》趣意書

謹んで惟《おもんみ》るに我が神洲《しんしゅう》たる所以《ゆえん》は、万世一神たる天皇陛下御統帥《ごとうすい》の下《もと》に、挙国一体生々化育《せいせいかいく》を遂《と》げ、終《つい》に八紘一宇《はっこういちう》を完《まっと》ふするの国体に存す。此《こ》の国体の尊厳秀絶は天祖《てんそ》肇国《ちょうこく》神武建国より明治維新を経て益々《ますます》体制を整《ととの》へ、今や方《まさ》に万方《ばんぽう》に向つて開顕《かいけん》進展を遂ぐべきの秋《とき》なり。

然《しか》るに頃来《けいらい》遂《つい》に不逞《ふてい》兇悪の徒簇《そうしゅつ》出して私心我欲を恣《ほしいまま》にし、至尊絶体(対)の尊厳を藐視《びょうし》し僭上《せんじょう》之れ働き、万民の生々化育を阻碍《そがい》して塗炭《とたん》の疾苦に呻吟《しんぎん》せしめ、随《したがっ》て外侮外患日を逐《お》ふて激化す。

所謂《いわゆる》元老重臣軍閥財閥官僚政党等は此の国体破壊の元兇なり。倫敦《ロンドン》海軍条約並《ならび》に教育総監更迭《こうてつ》に於《お》ける統帥権干犯《かんぱん》、至尊兵馬大権《へいばのたいけん》の僭窃《せんせつ》を図りたる三月事件或は学匪《がくひ》、共匪《きょうひ》、大逆教団等を利害相結《あいむす》んで陰謀至らざるなき等は最も著しき事例にして、其《そ》の滔天《とうてん》の罪悪は泣血《きゆうけつ》憤怒真《まこと》に譬《たと》へ難《がた》き所なり。中岡、佐郷屋《さごや》、血盟団の先駆捨身、五・一五事件の憤騰《ふんとう》、相沢中佐の閃発《せんぱつ》となる、寔《まこと》に故なきに非《あら》ず。而《しか》も幾度か頸血《けいけつ》を濺《そそ》ぎ来《きた》つて今尚《いまなお》些《いささ》かも懺悔《ざんげ》反省なく、然も依然として私権自恣《じし》に居つて苟且偸安《こうしよとうあん》を事とせり。露支英米との間一触即発して祖宗遺垂《いすい》の此の神洲を一擲《いつてき》破滅に堕《おちい》らしむるは火を睹《み》るより明かなり。

　内外真に重大危急、今にして国体破壊の不義不臣を誅戮《ちゆうりく》して稜威《みいつ》を遮り御維新を阻止し来れる奸賊《かんぞく》を芟除《せんじよ》するに非ずんば皇謨《こうぼ》を一空せん。宛《あた》かも第一師団出動の大命渙発《かんぱつ》せられ、年来御維新翼賛《よくさん》を誓ひ殉国捨身の奉公を期し来りし帝都衛戍《えいじゆ》の我等同志は、将《まさ》に万里征途に上らんとして而も顧みて内の亡状に憂心転々《うたた》禁ずる能《あた》はず。

　君側の奸臣《かんしん》軍賊を斬除して、彼《か》の中枢を粉砕するは我等の任として能《よ》く為《な》すべし。臣子たり股肱《ここう》たるの絶対道を今にして尽さずんば、破滅沈淪《ちんりん》を飜《ひるが》へすに由《よし》なし。茲《ここ》に同憂同志機を一にして蹶起《けつき》し、奸賊を誅滅《ちゆうめつ》して大義を正し、国体の擁護開顕に肝脳《かんのう》を竭《つ》くし、以て神洲赤子《せきし》の微衷を献ぜんとす。

　皇祖皇宗の神霊《しんれい》冀《こいねが》はくは照覧冥助《しようらんめいじよ》を垂《た》れ給《たま》はんことを。

　昭和十一年二月二十六日

陸軍歩兵大尉　野中四郎

外　同志一同

一方、警視庁と同時に占拠された陸相官邸では、香田大尉、栗原中尉、村中元大尉が、川島義之《かわしまよしゆき》陸相に面会を強要し、右の「蹶起趣意書」を読み上げていた。

続いて彼らは、「陸軍大臣に対する要望事項」を突き付けて、この場所に皇道派と見られていた上層部の人間を呼び、昭和維新を進めるための交渉のテーブルに着くことを要求する。

二月二十六日の午前中は、決起軍の思惑通りに進んでいった。

午前八時を過ぎた頃から、真崎大将、山下少将ら幹部クラスが続々と官邸に集まってきた。

そこへ、一人の男がひょっこりと姿を現した。

なぜか、呼ばれていなかったはずの石原莞爾大佐がするりと官邸に入ってきたのである。

誰も違和感を覚えない自然さで、彼は、いつのまにか、交渉が行われる部屋の片隅にさりげなく陣取っていたのだった。


「マツモトを始め、日本の記録確定省の人間や歴史学者は、みなこのクーデターを謎の多い事件だと言うが、私にはそうは思えないな」

大きな身体を椅子に沈め、チョコレートクッキーをつまんでジョンが呟く。

「そうですかね」

マツモトは不満そうな声を漏らした。

襲撃が一段落し、占拠が一通り完了したことで、再生は順調に進行していた。

スタッフの間にも安堵の色が浮かび、交替でコーヒーブレイクを取る余裕が生まれている。

「君ら日本人は、この事件にいろいろ思い入れがあるらしいな。だが、事件の本質は単純だよ。単に、肥大化し、指揮系統が脆弱《ぜいじゃく》になった大組織が、危機管理のお粗末さから単純な事件を混乱させただけさ」

「そう言われてしまうと返す言葉がありませんが、青年将校たちの一途《いちず》な気持ちを思うと、なんとも気の毒で」

「本当に、君らは悲劇趣味だな。平家しかり、忠臣蔵しかり。私は、家族の目の前で夫や父親を殺した男に同情なんかできないね。しかも、当初の目標はちっともクリアできなかった。この計画性のなさ、詰めの甘さ。私の部下だったら、リサーチの段階で徹底的にやり直しだな」

ジョンはにやにやしながらマツモトに言う。彼は、マツモトがむきになるのが面白いのだ。二人で話をしているところは、まるで父親と子供だ、とアリスは思った。

今ごろになって、ようやく緊張がほぐれてきて、やっとみんなの顔がちゃんと見えるようになった。襲撃が終わる前までは、プレッシャーのあまり、周囲にいる人間の顔が、どれも白く二重にぶれて見えたほどだったのだ。

アリスは両手で持ったコーヒーカップの温もりを味わった。

こんなふうに、同時に数箇所での襲撃が起きるような歴史上重要な事件は、ちょっとしたことで不一致になる可能性が高いので、スタッフも極度の緊張を強《し》いられるのだ。

このような事件を何度も再生すると、ピリオド保持者の疲労が積もり、緊張感も薄れてしまい、繰り返せば繰り返すほど再生が難しくなるという傾向があるのだ。時間遡行《そこう》技術の最も不自由な点は、再生時間内の複数の「歴史上」の人間が、「再生時間である」ことを認識していなければならないことだった。時間遡行を行うためには『額縁《フレーム》』を掛けなければならないが（そうしないと、遡行開始以前に蓄積されてきた記憶が消えてしまう）、どうやら彼らは額縁を壁に掛けるフックのような役目を果たしているらしいのである。その点、今回の襲撃が一度で済んだのは、ラッキーだった。このあとは暫《しばら》く会議と交渉が続くはずだ。不一致になる可能性は低い。

だが、さっきモニターで見た、火花のような赤い画面が脳裏から離れない。

あんなものは初めて見た。本当に、ただの断線なのだろうか？

一瞬の不一致。それはいったいどういう事象のことを指すのだろう？

ジョンの座っている椅子がギッ、と軋《きし》んだ。

「確かに、これは日本的な事件だな。責任の範囲と所在の曖昧《あいまい》さ、コミュニケーションよりも隠蔽《いんぺい》を『和』と呼んで尊ぶ欺瞞《ぎまん》。非常に日本人らしい。記録を読むと、それぞれの言うことは決して極端なものではないし、誰も悪い人はいない。みんな、互いによかれと思っている」

ジョンは、マツモトが反論しようともじもじしているのを横目で見ながら続ける。

「青年将校たちは、陛下の正しい判断を側近が邪魔しているのでそれを取り除きたいと望んでいる。彼らの上官は、部下の気持ちが義憤だと知っているので無下《むげ》にできない。陛下は国民の困窮など全く知らないから、青年将校の気持ちなど全く有難くない。陛下の周りの人々は、陛下が胸を痛めるのを恐れて国民の実情を教えない。また、彼らは青年将校たちが陛下を慕っているのもよく知っているから、陛下が彼らを怒っていることも言えない。見よ、この『思いやり』のオンパレード。極めて日本人的だ」

「ええと、安藤は、最初はピリオド保持者ではなかったと聞いていますが、なぜ？」

マツモトは、論戦では敵わぬと思ったのか、話題を変えた。

「シミュレーションでは、別の方法を考えていたのよ——かなり強引なやり方だったわよね、ジョン？」

アリスは、マツモトが可哀相になったので助け舟を出した。マツモトは、ちょっと頼りないが、育ちのいい子犬みたいで可愛い。どうしてみんなは彼をファーストネームで呼ばないのだろう？　なぜか彼はいつも「マツモト」なのである。

ジョンは渋い顔になった。

「うむ、あれはちょっとまずかった」

「事件の数日前に、アンドーをトラックで撥《は》ねたんでしたっけ？」

「全治三ヶ月の重傷でね」

「なんでまた。そんなことをしたら不一致になるに決まってるじゃないですか」

マツモトが尋ねた。

「アンドーを計画から外したらどうなるか、試してみたかったんだ——銃殺にするには惜しい人物だし。彼の人望がなければ、あれだけの兵は動かせなかったからな。もし彼が参加しなかったら、我々の試算では、決起の規模は半分以下。せいぜい五・一五事件と同じくらいの扱いの事件で終わったんじゃないか。二・二六自体が起きたかどうかも疑わしい。決起部隊の大部分は、近々満州に送られることになっていたしな」

「シミュレーションの結果はどうなったんですか？」

「アンドーが怪我をした時点で不一致になったよ」

「でしょうね」

「歴史にイフ《ＩＦ》はないというのが、おたくの大統領の台詞《せりふ》じゃなかったでしたっけ」

ニックが軽口を叩いた。

「ああ、二回目の一九五一年の演説の方ね」

アリスが頷《うなず》く。

「そう。だから今、全てのＩＦを排除すべくこんな仕事をしているわけさ」

ジョンは肩をすくめた。

二・二六事件がなかったら。

マツモトは、それでも考えずにはいられなかった。

彼らの大部分は当時、今の俺よりも若かった。あの事件がなければ、青年将校たちは、みんな生き延びて終戦を迎えられたかもしれない。軍部は不協和音を抱え込んではいても、後にあれだけ突出した権力を持つことはなかったかもしれない。二・二六の残虐行為に震え上がった政治家や財界人たちが、軍人に口出ししない風潮もなかっただろうし、海軍との亀裂《きれつ》も深まることはなかったかもしれない――そうしたら、日本はどうなっていただろう？

彼は、一人で夢想していたことに気付き、ハッとして再生時間の時計を見上げた。

時刻は間もなく九時になろうとしている。

そろそろ軍事参議官が宮中に集まる頃だろうか。

マツモトは、知らず知らずのうちに肩を揉《も》んでいた。

そして、これから、あの有名な「陸軍大臣告示」が出されるのだ。


雪は小降りになっていた。

安藤は目立たぬように、粗末なバリケードで封じられた永田町界隈《かいわい》を早足で進んでいった。

決起してしまえば、それもまた日常だった。

最初の興奮が醒めて、ざわざわと世間話をしている兵士たち。彼らが手持ち無沙汰《ぶさた》な様子で佇《たたず》んでいるところを見ると、なぜか安藤は胸が痛んだ。右も左も分からないのに、言われるままについてきた、という風情《ふぜい》が、頑是《がんぜ》無い子供のように見えるからだろうか。

雪の上に叉銃《さじゅう》が規則正しく並んでいるのを見ながら、安藤は考えた。

今すぐ何かが動くということはないだろう。幹部が次々と集まってきているようだし、これから暫く話し合いが続くはずだ。

彼は用心深く足を進めた。なるべく誰にも話し掛けられないよう、急いでいる風を装う。こんなところで不一致になってはたまらない。

栗原はどこにいるのだろう？

安藤は、それぞれの部隊の目的地を思い浮かべた。あいつのことだ、交渉に自ら臨んでいるはずだ。だとすると、やはり今は陸相官邸か。

懐中連絡機保持者どうしの接触は原則として禁じられていた。過去に、共謀して改変を加えようとするケースが度々《たびたび》あったからだ。だから、懐中連絡機保持者は、なるべく異なる場所にいて接触しにくいメンバーを選んでいる。

そもそも、懐中連絡機保持者はその事実を互いに知らされないのだが、なかなか自分の置かれた状況を信じない者が多く、しばしば他の保持者の存在を確認させて、協力を要請することが容認されていた。安藤も、最初は自分が正気ではないのだと思い込み、頑迷に話を聞こうとしなかったので、栗原と一緒に、それぞれが懐中連絡機保持者であることを事前に知らされていたのだった。

事件の流れからいって、本来ならば、もう彼が栗原と顔を合わせることはないはずなのだが、掟破《おきて》りを承知で、彼はどうしても栗原と話がしたかった。

胸の奥に秘めた目的のせいもあったけれど、正直言って、何よりもまず、今現在の状況が自分一人の悪夢ではないことを、もう一度誰かに証明してもらいたかったのだ。

こんな荒唐《こうとう》無稽《むけい》な状況を、どうやって信じればいいというのだ?

彼は、この先クーデターが終結するまで、自分が正気でいられる自信がなくなっていた。

その原因の主なものは、今朝の鈴木侍従長の死である。

時間が経つにつれ、生き延びるはずだった侍従長を殺してしまったことは、いよいよ心に重くのしかかってきていた。やはり、これは何かの罠《わな》なのではないか? このままずるずると、死ぬべきではない人々をこの手で殺してしまうのではないか? そんな不安で、彼はひどく塞《ふさ》ぎこんでいたのである。

自分が怖い顔で歩いているのに気付き、安藤は頬を撫《な》でた。

落ち着け。落ち着くんだ。他のことを考えよう。

小さく深呼吸をしながら、坂を下りていく。

他にもいるはずだ、この機械を持った奴が。

彼は、胸にそっと手を当てて、そのことを考えた。

全部で何人いるのか、栗原以外の人物が誰なのか、奴らは教えてくれなかった。共謀を防ぐためなのだろう。確かに、俺が奴らだったら、互いに知らない方がいいと考えるだろう。

「オマエハヤッパリシヌンダヨ」

え?

安藤は後ろを振り返った。誰もいない。幻聴か？　耳元で誰かが囁いたような気がしたのに——オマエハヤッパリシヌンダヨ。そう聞こえた——

不意に、殺気を感じた。

安藤は、自分が下りてきた坂の上をパッと振り仰いだ。

巨大なトラックが、のそりと下りてきた。

軍用トラック。運転席に、誰かが座っている。目深《まぶか》に軍帽をかぶり、革の手袋を嵌《は》めた手がハンドルを握っている。

見る間に、トラックは猛スピードで坂を下ってきた。そして、トラックはまっすぐに安藤目指して走ってくる。

安藤は、自分への殺意を確信したが、同時に、周囲の風景が変化していることにも気付いた。

なんだこれは？　中断？　誰か不一致になったのか？

安藤は身の危険を感じてダッシュした。トラックはどんどん背後に迫ってくる。

どういうことだ？　乗っているのは誰だ？　風景が静止しているということは、あの運転手は懐中連絡機を持っているということだ。あれを持っていなければ、静止した世界で動くことはできないはず。

安藤は脇目もふらず走った。何も気付かずに静止している兵士たちの間を駆け抜ける。彼らのことを考えると、闇雲《やみくも》に突っ切るわけにもいかず、人がいない道路に向かって走っていくしかない。

奇妙な感覚だった。静まり返った空間の中で、自分と猛スピードのトラックだけが動いている。しかも、トラックは、自分の命を狙《ねら》っているのだ。

だが、安藤は、視界の隅に違和感を覚えた。

違う。静止していない。

彼らはゆっくりと動いていた。不一致の時はいつも完全に静止しているのに、今の彼らはひどくゆっくりとコマ落としのように動いている。

トラックは、相変わらずむちゃくちゃなスピードで後を追ってきた。

馬鹿野郎、こんなにいっぱい兵士がいるところに突っ込んでくるつもりか。

頭がカッと熱くなった。いったいどこのどいつにあれを持たせたんだ？

肩で息をしながら安藤は走る。ふと思いついて角を曲がり、長い煉瓦塀《れんがべい》に沿って駆け始めた。足が泥混じりの雪を跳ね上げていく。次の角の先に、行き止まりがあるはずだ。

安藤はサッと角を曲がり、その場で足を止め壁にぺたりと張り付いた。

凄《すさ》まじい勢いで追ってきたトラックが、めちゃくちゃな音を立てて大きくカーブを曲がってゆく。が、その二十メートル先にあるのは、行き止まりの古い土壁だ。

曲がった瞬間に、運転手はそのことに気付いたはずだ。それでも、トラックは全くブレーキを掛ける様子がない。

うわっ、馬鹿！

そのまままっすぐに真正面から飛び込んでいく。安藤は思わず目をつむる。

次の瞬間大音響、と思いきや、フッと大きなものの気配が消え、一瞬の間をおいて、痛いくらいの静寂が訪れた。

安藤は恐る恐る目を開けた。

何もない。

辺りには人っ子一人いなかった。行き止まりの壁が見え、袋小路に自分だけが立っている。

全身が汗びっしょりだった。

安藤は、のろのろと周囲を歩き回り、トラックの姿を探した。土壁に仕掛けでもあるのではないかと、手であちこち押してみた。むろん、そんなものはない。

風にあおられていた国防色の幌《ほろ》、目深に帽子をかぶって運転していた男の手。

脳裏にその姿が焼きついているのに、今はもう跡形もない。

安藤は、なんとなくゾッとした。やはり俺は気が変なのだろうか？　俺は今、どこにいるんだ？　今はいったいいつだ？

が、彼の目は、角の地面に残ったタイヤの跡に気付いていた。確かに、トラックは今ここを通ったのだ。

ジリリリリリ。

その瞬間、ベルが鳴った。安藤は、全身をびくりと震わせた。

じりりりりり。

今度こそ、世界が静止している。

それは、今の彼にはむしろ懐かしい光景に思えた。思わず安堵の溜息を漏らしたほどだ。

呼吸を整えてから、蓋を開ける。

「**応答せよ**」の文字を見て、彼はボタンを押した。

「もしもし？」

「ミスター？　ミスターアンドー？　今のは何？」

いつになく慌てた声が聞こえてくる。

安藤は小さく溜息をついた。やっぱり、これが現実だ。まだ続いている。正しくは、再生時間での現実だが。

「分からない。突然、トラックに乗った男が襲ってきた。周りは完全には静止していなかった。どういうことだ？　今のは不一致ではなかったのか？　今の男もこの機械を持っているということだな？」

安藤は、矢継ぎ早に質問を浴びせた。疑問で頭がいっぱいだった。

連絡機の向こうで、戸惑う様子が伝わってくる。

「トラックですって？　しかも、周りは静止していなかったと？」

「そうだ。かなりゆっくりとだが、みんな動いていた。でも、ベルは鳴らなかった」

安藤は、空中で静止している、ほんの少し前に自分が跳ね上げた泥の粒に手を触れた。

冷たい。動かない。これは、いつもの静止だ。ベルが鳴ってから訪れる中断。

連絡機の向こうから、不気味な沈黙が応えた。何か、尋常ならざることが起きているらしい。重い沈黙が耐えがたく、彼は思わず連絡機を耳から離してしまった。

「——ミスターアンドー」

低い声が囁く。

「五分ほどそのままで待っていてください」

かちゃかちゃという、硝子《ガラス》が触れ合うような明るい音が響き、連絡機が保留されたのだと気付いた。

安藤は、そこでようやく、すっかり冷たくなっていた額の汗をゆっくりと拭った。

全身に、ずっしりとひどい疲労を感じた。

それは、突然の出来事だった。

それまでさらさらと柔らかな緑色に流れていたモニターの一つが、突然赤く瞬《またた》いたのである。

のんびりと話しこんでいたスタッフは、瞬時に覚醒《かくせい》した。

赤い点滅は続いた。

第二ピリオド。安藤の連絡機である。

「なんだ？　不一致か？　全く前兆がなかったぞ」

ニックが目を見開いて叫んだ。通常、不一致に至るまでには、画面の色の変化や、大きくなる破壊音などの前兆があるのだ。

だが、それでいて画面にはいっこうに『不一致』の文字が浮かばなかった。ただ、えんえんと鮮やかな赤が点滅するばかり。

「安藤に電話が繫《つな》がるかしら」

アリスは電話を掛けてみた。通常、懐中連絡機には、『不一致』にならないと繫がらない。再生時間が正常に流れている状態では、回線の隙間《すきま》が空かないのだ。現在、画面は赤だから不一致状態なのだが、文字が出ていない。

「繫がった」

みんなが、アリスの声を聞きながら電話機のそばのスピーカーに耳を澄ました。

動転した声の安藤が出る。

「——分からない。突然、トラックに乗った男が襲ってきた。周りは完全には静止していなかった——」

安藤の声の混乱が、聞いているスタッフにも乗り移る。

「五分ほどそのままで待っていてください」

アリスが連絡機を保留にして、「トラック」と独り言のように呟いた。

「ニック、監視カメラの映像は今も録画し続けてるわね?」

「もちろん」

「どこかのカメラに、そのトラックが映ってないかしら？」

「ちょっと待って」

永田町界隈には、記録確定省が数十台の隠しカメラを事前にセットしてあった。これで、外部のおおまかな状況を把握するためである。また、ピリオド保持者たちがきちんと行動しているかを監視するためでもあった。もっとも、もし保持者たちが本気で陰謀を企《たくら》んだら、とてもカバーできるほどではないと誰もが知っていたのだが、カメラの存在を知らせておくことは、それなりの抑止力になった。

ニックは部屋の隅のパソコンのキーボードをリズミカルに叩き、画面の上にずらりと並んだ監視カメラの録画を少しずつ一斉に巻き戻していった。スタッフが目を皿のようにして複眼のような画面を探していく。

「これだ」

ニックが画面の隅を指差した。

確かに、トラックの幌が映っている。

ニックは、そのカメラを呼び出し、映像をアップにした。

粗《あら》い画面が、モニターいっぱいに広がる。更に、少しずつ巻き戻していくと、トラックが後戻りしてゆき、車の正面が見えた。フロントガラスに、運転手の影が見える。

「まだ拡大できる？」

「やってみよう」

更にニックは画面の操作を続けた。

かしゃ、かしゃ、かしゃ、という音と共に、運転手の姿が徐々に大きくなっていく。ハンドルを握る革の手袋が見分けられた。そして、ハンドルに覆い被さるように座っている男の姿が現れてくる。

「誰だ、こいつ」

「気持ち悪いな」

深く軍帽をかぶった男の顔は見えなかった。帽子の正面に浮かぶ星。将校クラスの人間らしい。少なくとも、第一ピリオドを持つイシハラではない。

スタッフは、青ざめた顔でその人物を見つめていた。

マツモトは、不意に背筋に冷たいものを感じて動揺した。そして、それを感じたのは彼だけではないようだった。

男は笑っていた。いや、笑っているのか、歯軋《はぎし》りしているのか——唇は横に広がり、揃《そろ》った歯が見えた。無理に拡大したので細部はよく分からないが、それはにやりと笑っているように見えたのだ。

アリスがかすかによろめいた。

「ハッカーだわ」

「なに？」

アリスの小さな呟きを、ジョンは聞き逃さなかった。

「ハッカーが侵入している。スーパーコンピューターとモニターを経由して、再生時間に侵入している」

「まさか。これまでにそんな事例はない。それに、こいつは再生時間でなく、その外側にいたアンドーと同じところに存在していたんだぞ。まさか、ピリオドを持っているというのか」

ジョンは否定してみせたが、その目は笑っていなかった。

「でも、再生時間そのものもいじられていた。動きがゆっくりになったと言っていたでしょう？　分かった、さっきも、ほんの一瞬だけ画面が赤くなったことがあった。あれは誰かが侵入した瞬間だったんだわ。そういえば、さっき、クリハラが言っていた。話と随分違うって。ちっとも同じにならないって。誤差範囲内だからって、取り合わなかったけど」

「そんな」

ニックがみるみるうちに青ざめた。彼は、スケジュール管理者なのだ。

「じゃあ、『シンデレラの靴』はどうなってるんだ？　再生時間での不一致は、徐々に誤差が広がっていくことで不一致に至るようになってるんだ。しかし、元来、『シンデレラの靴』は確定を優先するために、かなり大雑把《おおざっぱ》にできている。ほんの一瞬、かなり短い時間に不一致が起きた場合は、『シンデレラの靴』は不一致を認識できないかもしれないんだ。もしかして、これまでにも何度も侵入されていたのか？」

「確定してしまってる」

マツモトが狼狽《ろうばい》した顔で呟いた。

「これまでのところ、もう全部確定してしまってますよね？　これまでの部分も、本当に一致してるんでしょうか？　もしかすると、『シンデレラの靴』が認識できていない不一致が、物凄《ものすご》くたくさんあるのかもしれませんよ」

スタッフの間にパニックが広がった。

「まずい。これはまずいぜ」

「確定内容の確認はできる？　『シンデレラの靴』が読み込んでいる、本来の歴史と照らし合わせることは？」

「物凄い手間と時間がかかるぞ」

「これからの確定はどうするんだ？　このまま確定し続けていいのか？」

みんなが一斉に話し始め、一気に険悪な雰囲気になった。

「落ち着け！」

ジョンがよく通る声で一喝《いっかつ》したので、部屋の中はしんとなった。

「落ち着くんだ。正規残存時間内に、我々は全てを収めなければならない」

誰もが示し合わせたように、壁のデジタル表示を見た。

ジョンだけがその表示を見ずに、じろりとスタッフの顔を見回した。

「今、何よりも大事なのは」

ジョンはアリスを見た。

「ピリオド保持者に不安を与えないことだ。アリス、あまりアンドーを待たせるんじゃない。ちょっとした機械の事故があったと伝えるんだ。いいな？　もう解決したと言え。遡行はなしだ。すぐに再生を開始する。これまで通り確定を続けろ。こちらで問題があること、ハッカーが再生時間に侵入しようとしていることなど、絶対に彼らに知られてはいけない。ハッカーは我々が捕まえる」

ジョンは、ひどく粒子の粗いモニターの画面をにらみつけた。

そこには、ぼやけた男が、白い歯を見せて、彼らを嘲笑《ちょうしょう》するように静止していた。

登省してきた軍人たちが、陸軍省と参謀本部の前に人だかりを作り始めた。

決起部隊の、見張りをしている兵士たちとそこここで小競《こぜ》り合いになる。

登省してきた軍人たちは、やってきて初めてこの事態に直面したのであり、自分たちの勤め先で何が起きているのか把握できている者は皆無である。もっとも、彼らの通行を阻止しようとしている兵士たちにも、これから何が起きるのか知っている者は誰もいない。

追い払われた軍人たちの、情報の無さに憤《いきどお》る声は、やがて不穏な呪詛《じゅそ》となって、ざわざわと外に流れ始めた。やり場のないエネルギーが、陸相官邸に向かって移動していく。

「これはどういうことだッ」

「なぜ我々が自分の職場から追い出されるんだ」

怒りを露《あらわ》にした男たちの声が、重い雲の垂れ込めた暗い空の下で響く。

驚き、当惑、不満。だが、そこには、かすかな期待と興奮の色が混じっていた。

陸相官邸へと人波が押し寄せ始め、ざわめきが徐々に混乱へと形を変えようとしていた時である。

突然、曇り空に、一発の澄んだ銃声が轟《とどろ》いた。

その刹那《せつな》、辺りは水を打ったように静まり返り、人垣がサッと割れた。

灰色と国防色に埋まった風景の中、鮮やかな鮮血が雪の上に滴《したた》り落ちている。

決起部隊の一人、磯部《いそべ》浅一《あさいち》が、軍刀を抜いて倒れている男の傍《かたわ》らに真っ青な顔をして立っていた。

彼は陸軍主計将校であったが、日頃より革新派を標榜《ひょうぼう》しており、そのため憲兵隊にマークされるところとなった。叛乱《はんらん》を計画していると、対立する派閥に密告されて逮捕され、彼が陸軍を追放されたのは昨年の夏である。彼は自分を陥《おとし》れた一味としてずっと恨んでいた将校を目にしたとたん、衝動的に銃を手にしていたのだった。

異様な雰囲気の中、銃声を聞いて中から山下少将が飛び出してきた。

撃たれた将校が助け起こされ、磯部に罵声《ばせい》を浴びせながら運び出されていく。

石原莞爾も、何事かと中から出てきたが、外の混沌《こんとん》とした危険な空気を一目で見て取った。

ここでつまらぬ仲間割れをして、将校たちの日頃の対抗意識を、武力ではらされたのではたまらない。

石原はカッと大きく目を見開き、たむろしている軍人たちに一喝した。

「参謀本部の者は、軍人会館に集合せよ！」

それを聞いて、彼の意図するところを悟った山下も、すぐさま続けて指示を出した。

「陸軍省の者は偕行社《かいこうしゃ》に集合だ！　さっさと行け！」

ようやく指示を得て憑《つ》き物が落ちたような顔になった軍人たちは、ぞろぞろと移動を始めた。もやもやしていたエネルギーが少しずつ沈静化の兆しを見せ、代わりに白けた空気が漂う。

山下は、口の中で何かもごもご呟いていたが、踵《きびす》を返して官邸の中に戻っていった。

石原は、灰色の雪に残っている血痕《けっこん》を見つめていた。

始まったばかり。全てがまだ始まったばかりだ。

動き出した人垣の最後のかたまりが門にさしかかり、彼が建物の中に引き返そうとしたその瞬間である。

ピシッ、という鋭い音が耳元で鳴った。

反射的に、石原は官邸の中に飛び込んだ。

火器に何かを細工した音だと直感する。

壁にぴったりと背中を着け、用心深くそっと門の方を窺《うかが》った。

緊張感を失い、ぞろぞろと動いていく背中が見えるだけで、誰かが石原目掛けて撃ってきたことに気付いた者は誰もいないようだ。

呼吸を整え、外の気配を確かめる。続けて撃ってくるかと思ったが、それきり門前には誰もいなくなり、辺りはしんと静まり返っていた。

どこから撃った?

石原は、そっと周囲を見回した。官邸の壁を見ると、弾丸で削れたあとがある。指でなぞり、撃ってきた方角を推測した。

だが、その先には塀があるだけだ。移動していく軍人たちに紛れて、ここを狙うことは可能だったろうか? 少し足を開いて立ち、ここを狙い、撃つ。どう考えても三秒は立ち止まっていなければならないはずだ。あの人波の中で三秒も立ち止まっていたら、かなり目立つ。

静寂。玄関の前には、雪の上に無数の足跡が残されていた。そこにはもう誰もいなかったが、顔の見えない者の悪意だけが残っているような気がした。

誰かが俺を消そうとしている。

石原はそう直感した。

彼は思わず胸の中の懐中連絡機に手を当てた。

誰かが、いる。俺の知っている、本来の登場人物ではない誰か。どこか異質で、ひどく悪意に満ちた誰かが。

石原は、胸の底に蠢《うごめ》く感情をじっと吟味し、整理した。

それは、どこか懐かしい感覚でもあった。

あの日もそうだった。この宮城を取り巻く一角に足を踏み入れた時、こんな予感がした。

あの朝、青年将校たちは、巨大な檻《おり》の蓋を開けてしまった。いつも檻の底で身体を丸めていた、多くの獣や蛇や虫たちが、そろりと首や触角をもたげ、蠢く気配を感じたのだ。

今はまだ、誰もが外を窺っている。今外に出るべきかどうか、それまで一緒に暮らしていた他の獣の脛《すね》に嚙《か》み付くべきかどうか、この先自分に都合のいい選択肢を考えているところなのだ。

だが、今回は、一層ややこしいことになっているようだ。

石原はじっと無人の空間を見詰めていた。

なにしろ、幾つもの現実と戦わなければならないのだからな。この悪意に満ちた誰かは、いったいどこにいるのだろう？　この現実か？　それとも、彼らの中か？　彼らはそのことに気付いているのか？

石原は胸に手を当て続けていたが、そこにある丸い機械は、全く鳴る気配を見せなかった。察するに、どうやら彼らも全てが手の内にあるわけではないらしい。

そう気がつくと、彼の頭の中には奇妙な希望のようなものが生まれてきた。

これは、まだまだじっくり考える余地がある。

いつしか、雪が舞い始めていた。

石原は、ちらちらと落ちる雪が今にも静止するのではないかと目を凝《こ》らしていたが、雪は軽やかに揺れながら、黙々と地面を目指し続けた。

いったんは止んでいた雪が、再びちらつき始めた。

「おお、見ろよ、参謀本部の連中がこちらに集まり始めたぞ」

四角く灰色に切り取られた窓から、ニックが下を見て小さく声を上げた。

「明日にはここが戒厳司令部になるからな」

ジョンがむすっとした顔で書類を読んでいた。

狭い部屋の中は、更に数台の機械を受け入れる準備が進み、立錐《りっすい》の余地もない。確定記録の照合のために新たに呼ばれた増員が到着するのは夕方になりそうだ。

「もう一つ部屋を追加するわけにはいかないの？　休憩所と備品だけで隣の部屋は既に満杯。ここに国連本部から応援が来たら、まるでマルクス兄弟のコメディだわ」

アリスが不機嫌な顔でジョンに訴える。いつもは完璧《かんぺき》な化粧が、こころなしか崩れているようだ。

「これ以上の空間確保は、不一致の要因になる」

ジョンはそっけなく答え、目の前の背中に声を掛けた。

「マツモト、君の集中力には感心するが、少し休んだ方がいい。それに、君は薬を飲んでいない」

「あ、忘れてました」

モニター画面を一心不乱に見つめていたマツモトは、一拍遅れで返事をした。

「駄目だぞ、十二時間以上も間を空けては。一度ならばともかく、どうも君はこれまでにも、何度か薬を飲み忘れているようだ」

ジョンはもったいぶって人差し指を振ってみせるが、それは叱責《しっせき》ではなく、出来の悪い弟を見るようなほのかな愛情が感じられる。

「水を」

アリスが書類やパンの包みなどでごっちゃになった作業机のどこかからペットボトルを見つけ出した。マツモトは、充血した目で、キーボードの陰に隠れていたマグカップを差し出す。

「カップをゆすがなくていいの？」

まだ飲み残しのコーヒーが底に見えるカップを、アリスは怪訝《けげん》そうな顔で覗きこんだが、マツモトは「うん」と頷き、ピルケースから取り出した錠剤を無造作に口に放り込む。

アリスは不本意な表情でカップに水を注いだ。マツモトは、ごくごくと一息で飲み干し、ふうっと溜息をついた。

「これ、本当に効いてるのかな。こう何年も飲み続けてると、時々馬鹿らしくなる」

痛むのか、胃を撫でながらマツモトは呟いた。

「まあ、プラシーボ効果ってところじゃないの。こんなに長期間、ＨＩＤＳに耐性ができてないとは考えられないもんね」

ニックがそう言って、胸ポケットを探って顔をしかめた。ここは禁煙なのだ。

「でも、少なくともここ数年、死亡率は頭打ちだ。薬が効いてるのか、人間の方がＨＩＤＳに順応してるのか、医者や学者はみんな勝手なことを言ってるが、本当のところは分からないから、誰も薬をやめることができないのさ」

部屋の中には、どんよりした空気が漂っていた。

さっきのパニックから小一時間が経とうとしている。

安藤には、機械の不都合であると説明していた。機械の耐用年数を大幅に上回っているので、時々奇妙な事象が起きることがあるのだ、と。

安藤は、それを言葉通りに信じたかどうかは分からないが、一応納得した。石原と栗原には、安藤のトラブルは伏せておき、単なる機械のトラブルで中断を行ったので、そのまま再生を継続するとだけ伝えた。

その後、スタッフは気を取り直してこれからの方針を確認し、本部に応援を頼んだ。

本部が来てから、確定内容の詳細を調査する。それまでは、作業は中断せず、これまで同様、できるところまで確定を進める。それがジョンの示した方針だった。

あれ以来、特に変化はなく、再生は平穏に進行しているようだった。少なくとも、モニター上では。スタッフたちは、とりあえず表面上は平静さを取り戻した。

だが、心の奥では誰もが嫌な予感を抱いている。いつからハッカーが侵入していたのかは分からないが、もし検証をしたら、かなりの不一致が見つかるのではないか。その場合、もう一度全てがやり直しだ。

みんながこっそりと壁のデジタル時計を盗み見る。

320：11：52

カードの城を作っているようだ、とアリスは思った。

積み上げても積み上げても、ほんの一瞬で城は崩れる。しかも、これまでカードの城だと思って組み立てていたのに、実はカードの中にカードではないものが混ざっていたのだ。

いったいハッカーはどこのどいつで、今どこにいるのだろう。何か大きな目的があるのか、単なる愉快犯なのか。この先も侵入してきて、我々の作業を妨害するつもりなのだろうか？

ちらっとマツモトを見ると、彼はハッカーの侵入経路を突き止めようと、再生時間の履歴を調べていた。恐ろしく手間のかかる作業だが、ジョンの言う通り、彼には凄まじい集中力がある。

結局は、人間の目に頼るしかないんだわ。

アリスは、部屋を埋め尽くすコンピューターのお化けたちに、かすかな軽蔑《けいべつ》の視線を投げた。そして、中央に並ぶ四台のモニターにそっと目をやる。

四番目のピリオド保持者は、ジョンしか知らなかった。ジョンは誰にも持たせていないというが、本当だろうか。さっき、アンドーをトラックで追ってきた人物は？

アリスは、いつも四番目の暗いモニターを見ると、心に引っ掛かるものを感じる。

この巨大なプロジェクトで、世間に知られているのはほんの一部分だけだ。スタッフですら知らされていない部分がかなりある。本当は、自分はとんでもないことの手伝いをさせられているのではないかと、不安に思うこともしばしばだ。

「正しい歴史」など、本当に存在するのだろうか。歴史の再生など、本当に可能なのだろうか。新たに「正しい時間」をスタートさせた時、そこに何が起きるのだろうか。

アリスは、暗い画面を見つめながら、根拠のない強い不安にじっと耐えていた。

安藤は、栗原との接触をあきらめ、露営の準備を進めている兵士たちのところに戻った。

地面の雪は、もうぐちゃぐちゃで真っ黒である。最初の襲撃が済み、こうしてこの一角に拠点を構えたことで、兵士たちも少し気分的に楽になったようだ。身体を動かすことに集中している彼らの間には、普段の演習のような、ざわざわした日常的な雰囲気が漂っていた。

安藤は、兵士たちの動きをじっと見つめていた。

あの中断された時間の彼らを見ていると、彼らがまるで人形のように見えてくるから不思議だ。寒さで頬を赤くし、白い息を吐きながらてきぱきと作業をしている今にも、彼らがピタリと動きを止めるのではないかという気がして仕方ない。

さっき見た奇妙な動き。

コマ落としのような、間延びした動作は、気味が悪かった。ゆっくりと表情が変わっていく顔、下手なあやつり人形のような手の動き。初めて中断を目にした時も衝撃的だったが、あの少しずつ動いていく時間を目にした時は、はっきりと戦慄《せんりつ》を覚えた。あの気味の悪さは、とても一口では言い表せない。生命の存在そのものを冒瀆《ぼうとく》しているような、思い出しても身震いするようなおぞましさだ。あの嫌悪感は、これまで体験したものの中でも比類がなかった。

しかし、あいつは誰だったのだろう。てっきり他の懐中連絡機の保持者だと思ったのに、奴らは機械の不具合だという。奴らの技術は神のようだが、果たして人間の作った機械の不具合で、あんな奴がいきなりトラックを運転して俺を殺そうとするものなのだろうか。

そして、あの甲高《かんだか》い奇妙な声。

オマエハヤッパリシヌンダヨ。

その声が知っている人間のものかどうか、彼は必死に記憶を辿《たど》る。だが、あんな声は聞いたことがない。すぐ耳元で囁いていているような声。息だけで本来の声を隠していたが、それでも初めて聞く声だという確信があった。

安藤は首をひねり、頭が混乱するのを感じた。

いったい奴らは何をやっているのだ？　俺は本当に、世界を正しい方向に導く手伝いをしているのだろうか？

むくむくと不信感が込み上げてくる。

ふと、気になっていたことを思い出し、彼はそっと時刻を見た。

今ごろ、宮中に続々と軍事参議官が集まりだしているはずだ。

安藤は、全身が引き締まるのを感じた。

今回、彼にはどうしても確認したいと心に決めていることがあった。

昼過ぎには宮中で会議が始まり、ある「申し合わせ書」が書かれる。そして、それを基に更に会議が続き、三時過ぎにはあの「陸軍大臣告示」が出されるのだ。その告示が印刷されて我々のもとに来るのは四時頃になる。

カッと身体が熱くなった。

もう一度あの告示を手に取って、俺はその内容を、あの一文を、上層部に問い質《ただ》す。我々の行動を、上層部が承認したことを、彼らに認めさせるのだ。

聞き間違えるはずなどない。ましてや、書き間違いなど、あの状況では有り得ない。俺たちを宥《なだ》めようとしただと？　あれを聞いて、そう感じた者などいるものか。確かに俺たちの「行動」は、受け入れられたのだ！

これだけはやり遂げなければならぬ。個人的な恨みと言われればそれまでだが、ろくに裁判も受けられず、無念に死んでいった仲間たちのことを思うと、どうしても譲れなかった。我々の熱意は上層部も認めた。昭和維新は、いったんは為《な》されたのだ。それを、どうしても確認しなければ。

栗原もまた、トラックに揺られながら、もうすぐ始まるであろう宮中での会議と、このあと下達《かたつ》されることになる、陸軍大臣告示のことを考えていた。

新聞社への襲撃を終え（それは、活字ケースを引っくり返したり、彼らの志を巷《ちまた》に通信せよと迫る些《いささ》かお粗末なものであり、さすがに激情型の彼も、二回目とあってテンションも下がりがちであった）、引き揚げてくるトラックの中。

あの告示を聞いた時の喜びは、今も胸に残っている。

目の前がぱっと明るくなったような、泣き叫びたくなるような歓喜を覚えている。あの告示を読んで、そう思わぬ将校がいただろうか。あれを、それ以外どう解釈しろというのだ。

あの真相だけは突き止めなければならない。あの告示を書いた人間をこの日で確かめてやらなければ気が済まない。この世界につきあうからには、それくらいは許されてもよいだろう。

ただ、どうやって？

栗原は、切れ長の目に冷徹な光を浮かべながら考えた。

もし俺が宮中に忍び込んだら、それは不一致とみなされるだろうか？

これまでに不一致になった記憶を並べてみる。

車のスリップ事故。昏倒した酔っ払い。それに、さっきの中断。あれは機械の故障と言っていたから、案外『灰かぶり姫』もあてにならない。

これまでの少ない経験で彼が見たところ、人の生死は不一致になる。それから、歴史的事象に関係する人間の行動に長い中断があると、不一致になるようだ。今朝の場合、あのままでは歴史上あの事件が起きた時間に、その当事者が到着することができないことが確実だったからだ。だが、その他大勢の人間が、居眠りをしようと、予定外の人物とお喋《しゃべ》りをしていようと、事象そのものに深く関わらなければ不一致にはならないのだ。

あくまでもあの『灰かぶり姫』は、表面上の出来事、史実として文字になったことを底本としてなぞっているらしい。だから、誰とも接触さえしなければ、俺がどこにいても、これから数時間は大丈夫なのではないか。

女顔のこの男が、じっと物事を考えているところは、一種異様な迫力があった。周りの兵士たちは、計画が順調に推移しているのに、なぜかむっつりと黙り込んでいる彼を怪訝そうに眺めている。

どうすればいい、どうすれば。

宮中に忍び込む方法を考えているうちに、次々とやりきれない衝動が込み上げてくる。

何かないのか、もっといい方法。俺たちが心置きなくこの世を去れる方法は。

栗原は、心の中で悪あがきをせずにはいられなかった。あの、人生で最も密度の濃かった四日間を、今一度体験しようとしているのだ。決起から収束までの四日間を、忠実に再現しなければ、俺はいつまでも成仏できないのだという。あの高揚を、落胆を、憤怒《ふんぬ》を、再び味わわされるなんて、なんという屈辱だろう。最初は自分たちの志が受け入れられたと舞い上がったのに、翌日の午後には一転して国賊扱いになってしまう。そして、そのあとには、密室での裁判と銃殺が待っているのだ。そのどれかを否定し、覆《くつがえ》そうとしても、永遠に不一致が続くだけ。自分が結末を知っている運命をなぞることが、こんなにも苦しいことだとは思いもよらなかった。

彼は、その瞬間、この運命を呪った。何もできずにもう一度あの四日間を繰り返すはめになった自分を呪い、彼を選んだ国連の連中を呪った。なぜ俺を選んだ。なぜ俺を地獄から呼び戻したのだ。他の奴にやらせればよかったのに。

喉の奥から、知らず知らずのうちに呻《うめ》き声が漏れていた。トラックの震動で、その声は周囲には聞こえなかったが。

「あなたは過去に行けますよ」と言われたら、人はどんな行動を取るだろう？
まず最初は「まさか」と笑って否定し、次に「出鱈目《でたらめ》言うんじゃない」と怒り出すかもしれない。

そして、それが冗談ではないと知った時、人はどうするだろう。

恐らくは、自分のためにそのチャンスを使うのではないか。恋人に言えなかった一言。二度と会えない人に渡したかった手紙。あの時、別の道を通っていれば、あの事故に遭うことはなかったのに。あの時、もう少しあそこにいれば。あの時、あの株を買っていたら――そんな一瞬をやり直したいと思うのではないだろうか。

歴史好きの人間であれば、昔の風景が見たい、昔の人間に会ってみたいと考えるかもしれない。へええ、本当はこんな服を着ていたんだ、肖像画とは違うな。実物の方がカッコいいな。ふうん、こうやって作ったんだ。こんなふうに道具を使ってたんだ——そんなふうに使おうと思っても、不思議ではない。

では、全人類で一つだけ、過去が修正できると言われたら？

人はいったいどの過去を修正しようと考えるだろうか？

サンドイッチを食べ、窓の外に音も無くちらちら降る雪を眺めながら、マツモトはそんなことを考えていた。

みんなが交替でお昼を食べている。マツモトは、休憩所にいるよりも、みんなが仕事をしているところをぼんやり眺めている方が好きだった。休憩所に行って、仕事場の空気から隔絶されてしまうと、解放感よりも疎外感を強く感じてしまうのだ。家に一人きりの孤独よりも、喧騒《けんそう》の中の孤独の方がいい。

ところで、これは、興味深い命題だ。みんなが過去に行けるとしたら、人は自分の過去に戻り、自分のために行動するだろう。だが、一人だけ。君だけが過去に行けるし、修正できる箇所はたった一つだけと言われたらどうするか。善良なる一般市民、一般的な歴史教育を受けた人間が、そういう命題を与えられたらどうするだろうか。

自分だったら？

やはり、彼らと同じことをしようと考えたのではないだろうか。

有史以前や伝説の域に達するような、あまりにも遠い過去の出来事や、遠い異国の出来事には、今更介入したいとは思わないだろう。映像や本など、記録が沢山残っている時代の方が予備知識もあるし、なんとなく親しみを覚えるのではないだろうか。目に見える範囲、効果が表れる範囲で修正を加えたいと考えるのが人情だろう。

だとすれば、近代に悲惨な歴史を残し、その罪が広く喧伝《けんでん》され、その行為の悲惨さがまだ人々の記憶に新しいあの男を排除しようと考える者は多いのではないだろうか。

マツモトは、コーヒーが冷めてきたのを確かめ、ゆっくりと口をつける。

彼はひどい猫舌だった。みんな、なぜああやたらと熱いコーヒーを飲みたがるのか、理解できない。あれでは舌を火傷《やけど》するし、熱すぎて味も分からないではないか。

人生をやり直せたら。

誰もが一度は考えるだろう。だが、一度きりの人生が、どんなに幸福かということについてはあまり考えない。何度もやり直せる人生が、果たして幸せだろうか？　やり直したはずであり、今度は成功するはずだった人生が、またも思い通りにならなかったらどうだろう？　もう一度やり直すか？　ちょっとした間違いや後悔の度に人生をやり直していたら、いつかは嫌気がさすだろう。修正だらけの人生にへとへとになってしまうのではないか。それはもう、人生とすら呼べないのではないだろうか。

マツモトは、手持ち無沙汰にピルケースをいじり、中の錠剤を補充するために倉庫に向かってぶらぶら歩き出した。

歴史は自己を修復する。

それが、このプロジェクトの合言葉だった。この言葉を信じて、ここまで計画を進めてきたと言ってもいい。

そう、ジョンの言う通り、このプロジェクトの始まりだって、決してみんな悪意はなかった。良識ある人々がその事象を介入対象に選び、よかれと思って介入した。それが、思いも寄らぬ波及効果を及ぼすとは、誰も夢にも思わなかったのだ。一つのホロコーストを防ぐことが、百のホロコーストを引き起こすなどと、誰が予想できただろうか。

そして、あげくの果てに、こんなピルケースをみんなが持ち歩くようになるなんてことまでは、とてもとても。

宮中では会議が続いている。青年将校たちのその後や、日本の運命を左右することになる会議。そう知ってはいても、何一つ手出しをすることはできない。

歴史は自己を修復する。

マツモトは、首から下げた身分証明書の裏に書かれている文章をじっと見つめる。

これまではずっとこの言葉を信じて仕事をしてきたが、ここに来てからは、だんだんこの言葉に疑問を抱くようになってきている。

本当だろうか？　歴史は本当に自己を修復するのだろうか？　大筋ではそうであっても、本当は、もっと我々の知らない、微妙な法則が存在しているのではないだろうか。

すっかり雑念に囚《とら》われていることに気付き、彼は苦笑いをした。

今は、『シンデレラの靴』に頼るしかない。とにかく最後まで走り続けることしかできないのだ――でも、シンデレラの靴って、確かガラスで出来てるんだよな。

薄暗い休憩所を歩いていくと、足が何か柔らかいものを踏んだような気がした。

ふぎゃっ、という金属的な鳴き声が足元で上がり、マツモトはぎょっとして飛びのいた。

黒っぽい猫が、サッと部屋の奥に駆けていくのが見えた。

どこから入り込んだのだろう？　猫がいるなんて、聞いてなかったぞ。

だが、ふと部屋の隅を見ると、ミルク用と見られる皿が置いてあった。誰かが餌《えさ》を与えていたのだ。

「どうしたの」

アリスが入ってきた。いつもは大部屋にいるので、こうしてたまに二人きりになるとマツモトはどぎまぎしてしまう。

「猫が」

「あら、キティのこと？」

「名前まで付けてるのか」

マツモトはあきれた。

「あら、わざわざ一匹確保しておいたのよ。そんな顔しないで。知らなかったの？　あたしがそれぞれの場所に確定作業に出向いた時、真っ先にするのは猫を確保することなのよ。ここは昭和初期の東京なんですからね。あたしたちの敵は、ハッカーでもない、統制派でもない、まず第一にネズミ。ただでさえガタが来てる『シンデレラの靴』のケーブルを、ネズミに齧《かじ》られたらおしまいだわ。あたしたちのところから連れてくるわけにはいかないしね」

「なんだか、暗澹《あんたん》たる気分になる話だな」

「キティ、キティ？　やだ、どこに行ったのかしら。せっかく捕まえたのに。また猫を確保するのは大変だわ」

アリスは、いろいろなものが所狭しと積み上げられた、だだっぴろい部屋の中を、うろうろと猫を捜し回っている。

マツモトは、なんとなく薬を補充する気をなくして、モニターのところに戻っていった。

ニックとジョンがぼそぼそと話し合っている。

モニターは、平和な緑の画面をさらさらと流し続けている。あの色を見るとホッとするが、それが偽《いつわ》りの平和なのかを見抜くことはできなかった。

「——だとすると、やっぱりＡＩＤＳは生物兵器だったということになるのかな」

「そうとは限らないでしょう。ＡＩＤＳの代わりがＨＩＤＳだということになるのならば、ＡＩＤＳは将来、もっと甚大《じんだい》な被害をもたらすことになる。ＨＩＤＳの被害は、既に第二次世界大戦の被害者数を上回っている上に、更にその後も数を伸ばし続けてるんですからね」

「単純に、自己修復した歴史と、本来の歴史の結果がイコールになるとすればそういう理屈になるが」

「問題は、どの時点をイコールと見るかですよね。時間が無限に先に進み続けるのであれば、終着点はまだまだ遥《はる》か先です。例えば、ＨＩＤＳの死者とＡＩＤＳの死者という点に限定してみたとして、いったいいつその総数を集計し、比べればいいと言うんです？　今は自己修復した歴史のＨＩＤＳがＡＩＤＳの死者を上回ってるけど、ずうっと先には両者の数がつりあうのかもしれない。ただ、それがいつのことなのか分からないということです」

マツモトは、その会話を興味深く聞いた。こういったパラドックスめいたことは遡行《そこう》と介入が始まった時点から数限りなく議論されてきたが、結局誰にも本当のことは分からなかった。とにかく、時間というもの、事象というもの、空間というものが、決してかっちり出来上がったものではなく、もっといい加減で流動的であるということが発見されただけだった。

「イコールとは、何を指すんでしょうね」

マツモトは会話に加わった。

「『シンデレラの靴』が認める範囲さ」

ジョンは明快に答えた。

「そうですよね。でなきゃ、僕たちは作業ができない。再生も確定もできやしない」

マツモトはモニターの前に座った。

「例えば、ここに、ある四人家族がいるとしましょう。公式記録としては、ある住所にいつからいつまで住んでいて、何歳まで生きて、こういう名前だったという程度の事実しか残らない。二人の子供が巣立つまでの二十年間、みんな仲良く暮らした。けれど、例えば僕が十五年前に介入して、妻の耳に『夫に愛人がいる』と伝えたとしますね。一見、同じに見えても、家族はぎすぎすして暗い雰囲気で歳月を過ごす。けれど、見た目と結果が同じならば、『シンデレラの靴』は不一致とはみなさない」

「当然だ。とてもそこまではやってられない。とにかく事象を一致させることが先決だ。心象までは面倒をみられないし、第一分からない」

「じゃあ、事象が一致していたとして、因果関係の方はどうなるんでしょうね。今の家族の話ですが、僕が介入してしまった場合、母親がぎすぎすしていたために、子供たちは暗い幼年時代を過ごす。ゆえに、成長してからも、恋人やパートナーと信頼関係が築けない。息子は結婚したが、妻に対して暴力を振るうようになってしまった。その暴力を見て育った彼の子供は、成長して他人を殺してしまう。介入していない方では、みんな普通に健全な家庭を築いていたから、最初の夫婦の孫の代になっても犯罪は起こらなかった。さて、これは？」

マツモトは二人の顔を見回した。

「不一致だよ。生死に関わる事実は誤差が大きいからね」

ニックがあっさりと答えた。

「じゃあ、この場合、リセットされるのはいつからですか？　僕が匿名で電話を掛けた二世代前まで遡《さかのぼ》ると？」

「いや、そうはしないね。たぶん、孫がその犯罪を起こせないように、孫の代の時間内で再生を行うだろう。一番可能性が高いのは、彼が殺害する対象を、その日彼に会わせなくするという手段だろうね」

「でしょうね。僕が言いたいのは、事象というのは連続してるってことです。その事象だけを取り出しても、うまく前後とは繫がらない」

「それは『聖なる暗殺』でみんなよく分かったはずだろ？」

ニックが、マツモトの言いたいことがよく分からないという表情で尋ねた。

マツモトは苦笑した。

「すみません、自分でもどう説明したらいいのか分からないんです。いったい、事実っていうのは何なんでしょうね。史実という言葉がありますね。あくまで書かれた歴史という意味で、これは言外に、実際に起きたこととは違うというニュアンスがあります。書かれた歴史と現実の歴史というのは、本当にイコールになることができるのか。再生された歴史と本物の歴史が一致していると認めるとはどういうことなのか。考えれば考えるほど分からなくなる」

最後の方は独り言のようになってしまう。

「遠い目をするな、マツモト」

ジョンがバシンと彼の肩を叩いた。

「俺たちの主人は『シンデレラの靴』。さあ、楽しい昼休みは終わりだ」

軍人会館の寒い廊下を、一匹の猫がよろよろ歩いていく。

灰色がかった黒の猫は、少し前まで廊下の隅にうずくまって、さっきの部屋で若い男に踏まれた尻尾《しっぽ》を繰り返し舐《な》めていた。あの無作法者に思い切り全体重を掛けられてしまったので、暫《しばら》くこの痛みはおさまりそうもない。換気のためか、誰かが少し扉を開けていたので、彼女は廊下に出ることができた。

猫はにゃあぁ、と恨めしそうに鳴き、痛む尻尾をかばうように、そろそろと廊下を歩いていくと、ゆっくり階段を下りていった。移動する時はいつも尻尾でバランスをとっているので、その尻尾がひどく痛む今、彼女の動きはどこか頼りなくたどたどしい。

彼女は、どこか暖かい場所はないかと探し続けた。あの部屋はとても暖かかったしミルクも貰《もら》えたが、今の彼女はとてもあそこに戻る気にはなれなかった。

宮中で軍事参議官の会議は続いていた。

会議は混迷し、混乱していた。

説得か鎮圧か。一堂に会した参議官の中には青年将校らに同情的な者もいて、話はいっこうに解決に向かわなかった。首相や大臣を失った今、内閣も組閣し直さなければならず、国家の中枢は完全に麻痺《まひ》している。ここはなんとしても断固鎮圧という説に傾くと、説得派が大懸念を示した。このまま宮城付近で撃ち合いになって、内乱にでも発展したら、それこそ大変なことになる。これに乗じて、左翼グループにつけいるスキを与えかねないし、同じ軍の内部で互いに撃ち合うことはなんとしても避けたい。まずは彼らの興奮を宥め、話を陛下に伝えたことを説明し、帰順するよう説得するのが第一だ、という方向に流れた。

マイナスの可能性ばかりが数多く列挙され、それぞれの思惑や利害がぶつかりあい、もう会議は数時間を超えていた。

だが、この政治上の空白の時間こそが、事態を悪くするという認識だけは、唯一彼らの中で一致していた。早朝の惨劇から、既に十時間が経過している。何の声明も対応も示さないということは、そのまま軍の混乱を表し、彼らの威信を失墜させる一方である。決起部隊に対し、軍としてのなんらかの意思表示をしなければならない。

苦肉の策として、陸軍大臣の名で告示を出すことで、ようやく彼らは同意に達した。

参議官の中には皇族も含まれていたので、参議官の名で告示を出すことは、後に責任問題に発展した場合のことを考え、憚《はばか》られたのである。もとより、陛下は事件発生を知った当初から断固鎮圧という方針を示していたのに、それをそのまま実行に移せるほど一枚岩ではないという、軍の上層部の分裂と責任の不在を如実に表していた。

協議の上、告示の内容が討議され、ようやく完成を見て、下達のために香椎《かしい》中将が警備司令部に電話を掛けたのは、午後三時を回った頃であった。

警備司令部で電話に出た安井《やすい》藤治《とうじ》参謀長は、最初に香椎中将とふたことみこと話をしながら、受話器の向こうでがちゃがちゃというひどい雑音がするのに気付いた。

顔をしかめ、隣で筆記しようと待っている、福島久作《ふくしまきゅうさく》参謀の顔をちらっと見る。

福島は、安井が電話で口述するのを、今か今かと待っている。

がちゃがちゃという耳障りな音は、一瞬、完全に香椎中将の声を聞こえなくしてしまった。

必死に耳を押し付けていると、突然、ぷつんという音がして静かになった。

故障か？

「いいか、読み上げる」

急に、香椎中将の声がはっきりと流れ出してきたので、かえって安井はぎょっとしたが、これならよく聞こえると思い、大きく頷いた。

「はい」

「いち、決起の趣旨に就《つ》いてはっ」

やけに自信に満ちた声だった。

さっきのかすれた声とは随分違うな。まるで別人のようだ。

頭のどこかでそんなことを考えながら、彼は言葉を繰り返す。

「いち、決起の趣旨に就いてはっ」

「よしッ。天聴《てんちょう》に、天に聴くだ、達せられありっ」

「天に聴く、天聴に、達せられありっ」

「よしッ。に、諸子の、もろもろの子供」

「に、もろもろの子供、諸子のっ」

「よしッ。真意はっ。真実の意志だ」

「真実の意志、真意はっ」

『真意』の部分は、「し・ん・い」とやけにゆっくり区切って発音された。

安井は淡々と反復を続ける。隣では、福島が、黙々とそれを書き取っている。

「よしッ。国体顕現の、国のからだ、顕著のけん、現れる、だ」

「国のからだ、顕著のけん、現れる、国体顕現のっ」

「よしッ。至情にっ。至る、なさけだっ」

「至るなさけ、至情にっ」

「よしッ。基づくものと認むっ」

「基づくものと認むっ」

全部で五項目が二回繰り返された。安井と福島は文字を点検し、書き取られた文章を確認する。

そのまま、その文章は印刷に回された。

警備司令部が統率している第一師団長と近衛《このえ》師団長に、印刷した文書が手渡されたのは午後四時であった。

一方、安井はその文章を書き取った紙を手に、緊張した面持ちで立ち上がった。

彼は、その文書の内容を、これから決起部隊に伝えに行くのである。

「で、その『陸軍大臣告示』の何が問題なの？　ごめんなさい、日本に来る前の作業の後片付けが大変で、詳しい資料を読む暇が無かったの」

アリスが尋ねた。彼女は各国のプロジェクト間の調整や、システムの保全がメインなので、大雑把な歴史資料しか読んでいないらしい。ここに来ているのは、日本語が話せ、ある程度日本史や日本の社会に精通しているメンバーだ。ジョンは父親が軍人で、日本生まれ。十二歳まで横須賀《よこすか》に住んでいた。アリスは祖母が日本人で、日本に留学経験がある。

「昭和初期の資料は、漢字が難しくて、俺も苦手だよ」

ニックが追随した。彼は父親が京大の教授を務めたことがあり、彼も十歳から十五歳まで神戸《こうべ》に住んでいた。

マツモトは、作業を中断して説明した。

「要するに、軍の上層部が、決起部隊に対して、決起という行為についてとりあえず何か公式な軍のコメントを発表しておかなければならない、と考えたわけです。攻め込まれたまま、空白の時間が長くなるのはまずい。こちらのリアクションを書面にしたものを渡しておこう、というわけですね。それが、これからぼちぼち出される『陸軍大臣告示』です」

彼はちらっと再生時間の時計を見た。時刻は午後三時を回ったところだ。

「ガリ版刷りで、陸軍の全部隊に配られた告示の内容はこうです。

一、蹶起ノ趣旨ニ就《つい》テハ天聴《てんちょう》ニ達セラレアリ
二、諸子ノ行動ハ国体顕現ノ至情ニ基クモノト認ム
三、国体ノ真姿顕現（弊風ヲ含ム）ニ就テハ恐懼《きょうく》ニ堪《た》ヘズ
四、各軍事参議官モ一致シテ右ノ趣旨ニ依リ邁進《まいしん》スルコトヲ申合ハセタリ
五、之レ以外ハ一ニ大御心《おおみこころ》ニ待ツ

　これを平たく言うと、おまえたちがなぜクーデターを起こしたか、その目的については陛下に伝えた。おまえたちの行動は、理想の国家を実現したいがためのものだと認める。確かに現在の国家は憂慮すべき状況にある。我々幹部もおまえたちの望むような国家になるよう努力すると決めた。あとは陛下のお心次第である。大体、こんな意味でしょうかね。で、特に大きな問題になったのは、この第二項ですね」

　マツモトが資料を開き、眼鏡を押さえながら読み上げると、みんなが身を乗り出した。

「諸子の行動は国体顕現の至情に基くものと認む。非常に重要な一文です。おまえたちのやったことは、あるべき国家を実現したいがための行動だと認める。これは、どうとっても、クーデターを容認したとしか読めない。決起部隊が、自分たちの行為が認められたと喜ぶのも無理はない」

「でも、それは嘘だったんだろ？」

ニックが先回りして言う。

マツモトは苦笑した。

「嘘というか――書き換えがあったんですね。今日の会議で、軍事参議官たちが作った告示の叩き台の文章では、『諸子の真意は国体の真姿顕現の至情は之を認む』となっている。誰かが、告示を印刷物にするまでのどこかの段階で『真意』を『行動』に書き換えた。『真意』と『行動』では、えらい違いだ。おまえたちの気持ちは嬉《うれ》しい、というのと、おまえたちのやったことは嬉しい、というのでは全くニュアンスが違う。それに、『真意』と『行動』は、どう見ても、聞き間違えたり、見間違えたりする単語じゃありません」

アリスが真剣な顔で聞き入っている。

マツモトは、自然と声を潜めた。

「事件後に、検事が青年将校を取り調べた時も、彼らはこの告示を見て、自分たちは上層部に受け入れられたと思ったと、口を揃えて証言しています。しかし、上層部は最初からずっと『真意』だったと言って譲らない。誰がいつ書き換えたのか、未だに謎なんです」


これはいったいどういうことだ。

安藤は、衝撃のあまり言葉を失っていた。

一枚の紙を手にした兵士たちがざわめいている。興奮、戸惑い、安堵。そのどれもがどこかで見た懐かしい光景だが、何かが決定的に違う。あの時の沸き立つような歓喜とは、全く異なっている。

安藤は、自分が目にしているものが信じられなかった。

彼の手の中には、茶色い紙に印刷された、陸軍大臣告示がある。

彼は、その中の一行がパッと目に飛び込んできた瞬間、息を呑《の》んだ。

二、諸子ノ真意ハ国体顕現ノ至情ニ基クモノト認ム

「真意」の文字が、目に突き刺さる。

「真意」だと？　なぜだ？　なぜこんな文字になっているんだ。ここは「行動」でなければならないはず。この目が、この身体が、あの時目にした文字を、あの時全身を震わせた歓喜を覚えている。ここは断じて「真意」などではない。

安藤は青ざめ、無意識のうちに周囲を見回していた。あどけない顔で告示に見入る兵士たち。その顔色は一様に明るい。

安藤は気を取り直すと、もう一度手にしている告示を読んだ。

その字面《じづら》を見ていると、むらむらと腹が立ってくる。なんという欺瞞《ぎまん》に満ちた文章だろう。どうとでもとれる、あとで幾らでも言い逃れのできる卑怯《ひきよう》な文章だ。だが、どう読んでも、やはりこれは我々の行動を容認したとしか思えないではないか。

彼は少し落ち着きを取り戻し、改めて第二項の文章を見た。

現実問題として、なぜここの文字が「真意」になっているのだろう。幹部たちの思惑や内部の駆け引きが実際のところどうだったのかは知らないが、これは明らかに史実とは違う。あいつらが見せてくれた資料でも、この告示は現物が残っていたし、ここは本当に「行動」と印刷されていたのだ。この場合、不一致にならないのだろうか？

なんとなく、辺りをきょろきょろした。

安藤は、また暫く待ってみることにした。

しかし、いっこうに不一致になる気配はない。

今朝の、鈴木侍従長が死んだ時の不快感がじわじわと蘇《よみがえ》ってきた。忘れていた不信感がどす黒く心を満たす。

その時、初めてこれまでになかった好奇心が湧いた。

このままだと、いったいこの先どうなるのだろう？　本当に、あの時と同じ結果にたどり着くのだろうか？　あの演算機械には、かなり曖昧なところがある。果たしてこれが本当の再生と言えるのだろうか。

ふと、安藤はあることに気がついた。

じっとくいいるように告示を見つめる。

この文章を誰が書いたか、調べる方法が一つだけある。邪道な方法だが、やってみる価値はあるかもしれない。

思いついた瞬間、彼は決心していた。これを知ることができたら、あとは奴らの指示通り成り行きに任せてもよい。一回だけ。この一度だけだ。

「どうだ、これを見たか！」

安藤は突然、大声を張り上げた。ざわついていた兵士が、彼を見て頷く。

「我々の主張は認められたのだ！　我々の維新は、第一段階を突破した！　陛下は我々の志を認めておられるぞ！」

声に力を込める。そうだ。我々は認められたのだ。

紅潮した顔が、おうっと元気よく応えた。彼らもまた、この文章を読み、自分たちが受け入れられたと感じている。純真な目、目、目。安藤を信頼しているその目。彼を慕い、ここまでついてきてくれた部下たち。

安藤は腹に力を込め、すうっと息を吸い込む。

「これより」

静かに目を見開き、よく響く声で叫んだ。

「宮城に向かい、陛下にご挨拶申し上げる。我々の忠誠心を直《じか》に見ていただくのだ」

モニターの画面が、フッと揺らぎ始めた。

身体のどこかがピクリとして、マツモトは画面に目が吸い寄せられた。

「なんだ」

他のスタッフもすぐに気付き、モニターに寄ってきた。ずっと安定していたので、久しぶりの変化だ。

がちゃがちゃ、がちゃがちゃという耳障りな音が聞こえだす。

その時、マツモトは奇妙な既視感《デジャ・ヴュ》を覚えた。

なんだろう、この感覚は？　懐かしいような、おぞましいような――そういえば、これまで気付かなかったけれど、この音をどこかで聞いたことがある――ずっと昔、子供の頃に――牛乳瓶の触れ合う音――早朝の街角。

あの長い坂を越えて牛乳屋がやってくる。

何かのイメージが脳裏を過《よぎ》ったような気がしたが、すぐに消えた。

ジョンが巨体を揺らし、目をぎょろりとさせてモニターを覗き込む。

「誰だ」

「アンドーのピリオドです」

「何が起きている」

たちまちモニターは黄色になり、赤に変わった。

「馬鹿な。今日はもう、たいした動きはないはずだ。不一致になる恐れのある事象など、何も」

ニックが監視カメラのモニターに駆け寄った。複眼の画面。現在の、さまざまな場所が映し出されている。彼は画面を拡大し、次々とカメラを切り替えた。

身を寄せ合い、しかめっつらで会議をする幹部。雪の上で手をこすりあわせ、手持ち無沙汰にしている兵士。宮城のお濠《ほり》。

「どこだ、アンドーは」

「えっ、なんだこれ」

マツモトは、次に映し出された画面を見て、思わず叫んだ。

宮城の前に、黒々とした兵士の人だかりがある。ザクザクと雪を踏んで進む、レミングの群れのような兵士たちが。その群れには、今にも中に攻め入りそうな、危うい勢いがあった。

「そんな馬鹿な、兵士が宮城に押し寄せるなんて、こんな話は聞いたこともない」

モニターは悲鳴にも似た金属音を上げた。画面は赤みを増していく。

マツモトは、きりきりと胃に差し込む痛みを覚えた。

まさか、これもハッカーの仕業《しわざ》なのか？

そして、ついにその文字が出て、画面は激しく点滅した。

不一致。再生を中断せよ。


安藤は背筋を伸ばし、徐々に暗くなっていく雪道を歩いていた。

その目は、かたくななまでに前方を見つめている。

異様な速さで行軍していく彼らを見て、他の決起部隊の兵士たちがきょとんとした顔でこちらを見ていた。

「安藤大尉、どちらへ」

後ろから、慌てた声の坂井直中尉が駆けてくる。

「陛下へご挨拶に行くのだ」

安藤は、頭をピクリとも動かさずに答えた。

「は？」

当惑した声が返ってくる。

「あのビラを見ただろう。我々の維新は認められた。その御礼を申し上げに行くのだ」

「なんでまた、急に。大尉どの」

混乱した坂井中尉の声が、後ろに遠ざかっていった。

お濠の水は、重く濁っていた。その灰色の水面に、雪に覆われた松林が浮橋《うきはし》のように白く浮かんでいる。それは、夢の中の島のように見えた。

目指すは二重橋。遠い。あまりにも遠い橋だ。

安藤は、ひどく意地悪な気持ちで雪を踏みしめていた。

さあ、どうだ？　これならばどうだ。これでも『不一致』とみなさないか？

それは賭《か》けだった。もしかして、このまま再生が進行してしまえば、彼はこのまま橋を渡り、宮中へと入っていくことになる。

自分にその勇気があるだろうか？　あの橋を渡り、かつて自分の運命であり全ての拠《よ》り所《どころ》だと思っていたあの場所に入る勇気が？

足が勝手に前に進んでいく。上官の命令は絶対だ。緊張した面持ちで足並みを揃え、規則正しく進む兵士たちの足音が、彼の心臓の鼓動と調和する。我々はどこへ向かうのか。我々はどこに行くべきだったのか。

警視庁の前で露営している兵士たちが見えてきた。みんな、驚いたようにこちらを見ている。

さあ。どうだ。さあ、鳴れ。

少し躊躇《ちゅうちょ》する者もいたが、前進は止まらない。今や一糸乱れぬ足音の方が、兵士を操っているかのように、みんなが前へ前へと進んでいく。

これだけの兵士がいっぺんに宮中に入ったことなど、未だかつてなかっただろう。

それとも、西洋のあの機械は、ちっぽけな東洋の島国の兵士がエンペラーの住まいに向かったことなど、大したことではないと見なすのか？　我々の神聖な思い、陛下への忠誠、昭和維新への決意などを、あのいい加減な西洋の機械に理解できるとでもいうのか！

「安藤、どこへ行く？　何をしている。その兵たちは？」

この声は、野中四郎大尉だ。驚きつつも、咎《とが》める調子がある。当然だ。

安藤は無視して叫ぶ。

「進め」

二重橋の前で構えていた兵士たちが、彼の声を聞いてギョッとした顔になった。

薄暗い灰色の空の下、白い浮橋が浮かんでいた。

その刹那、彼は、本当にあの中に入りたいという強い誘惑に駆られた。

あの中に。俺たちの運命が。

安藤は叫ぶ。彼の叫び声と、兵士たちの足音が重なる。


「**進めーッ！**」


突然、ピタリと足音が止んだ。

同時に、安藤は胸に振動を感じた。

じりりりりり。じりりりりり。

殺伐としたベルの音。気のせいではない。確かに鳴っている。

全てが静止した空間の中、そのかすかな振動だけが、見えない波動で世界に広がっていくような気がした。

安藤はホウッと大きく溜息をつき、胸を押さえて天を仰いだ。

全身、汗でびっしょりである。

恐る恐る後ろを振り返ると、ひきつった顔の兵士たちが足を上げて静止していた。

こちらに駆けてくる途中の野中大尉が口を開け、爪先《つまさき》立ちでこちらに手を伸ばしている。

宮城やお濠の風景は、のっぺりとして書割《かきわり》のようだった。

やった。不一致にさせた。

安藤は密《ひそ》かな満足感に浸った。これで、彼自身の意思で、再生を止められることが確認できたのである。そして、リセットを促せることも。

問題はこれからだ。どのくらい時間を遡らせることができるか。

呼吸を整えてから、安藤は懐中連絡機を取り出した。

「はい」

「もしもし、録行不一致です。何が起きたんです？」

若い女の声は、訝《いぶか》しそうな響きに満ちていた。何かを怪しんでいることは確かだ。それが何かは分からないが、こちらはせいぜい不慮の事態を強調するのみだ。

連絡機は一方通行であり、保持者から向こうには連絡が取れない。その一方で、向こうはこちらのしていることが、おおまかには把握できるものの細部までは見えていないことにも気付いていた。

「若い兵士たちが興奮してしまった。陸軍の告示に舞い上がったらしい。すまない、俺がうまく止められなかった。今度は気を付ける。告示のビラが配られた時に、俺から説明して暴走させないようにする」

安藤は、努めて当惑した口調になるようにした。

連絡機の向こうで、考えこんでいる気配がする。安藤は、じりじりしながら再生時間の時計を見た。再生時間は、二月二十六日午後五時近くを指している。

さあ、戻せ。告示が出る前まで戻すのだ。二時間。いや、一時間半でもいい。

「再生を中断します。七十八分のリセットになる予定です。暫くそのままでお待ちください」

七十八分。安藤は素早く計算した。ビラが渡されたのはほぼ四時頃だった。ぎりぎりの時間だが、やってやれないことはないだろう。

彼は、いつも唐突に始まるリセットに備えて身構えた。


「七十八分のリセットに入ります」

アリスが無機質な声で宣言し、操作パネルに手を伸ばした。

「ちょっと待って」

マツモトが、おもむろにアリスに声を掛けた。アリスは出鼻をくじかれたようにムッとした。

「時間がないのよ」

「ほんの少しでいい。なんだか、安藤の言葉が気になる。まるで、あの告示を受け取る前まで戻せと言っているみたいで」

「気になる、とか、みたいで、じゃ困るのよ」

「ニック、監視カメラの映像をまた巻き戻してみたいんだけど、いい？」

「いいよ。どこのところだ？」

ニックが、再びモニターの画面を切り替え始めた。次々と画面がモニターに浮かぶ。

会議。兵士。露営。宮城。兵士。

「それだ」

マツモトが手を挙げ、画面は止まった。

配られたビラを読んでいる兵士たちの姿が映っている。

「これが何か？　ああ、例の陸軍大臣告示だな」

「ビラの文章が見えるように拡大できるか？」

「文章を？　こいつの解析能力では難しいな。相当かすれるぜ。読めないかもしれない」

ニックはそういいながらも、カシャカシャと画面の一部を拡大していく。兵士の上半身がアップになり、その手がアップになり、そこでようやくビラに書かれた黒い文字の塊が見えてきた。

「もう少し」

カシャ、とビラが拡大される。輪郭はかすみ、字もかなり切れているが、なんとか判別はできそうだ。

マツモトはじっと目を細め、画面の中の文字を読んだ。

なぜこんなことが？　彼は驚きのあまり、今度は目を大きく見開いた。

「なるほど、そうか」

緊張した声で呟くと、アリスが痺《しび》れを切らしたように彼を睨《にら》んだ。

「何がなるほどなの？」

「安藤が、わざと宮城に進軍して、不一致にした理由さ」

「なんですって？」

アリスと一緒に、他のスタッフも抗議の声を上げた。マツモトはそっけなく続ける。

「いくら兵士が興奮したからって、安藤が兵士たちを抑えられないはずはない。どう考えても、彼が兵士たちを宮城まで連れていったんだ」

「なぜそんなことを」

「不一致にするためだ」

「どうして」

「恐らく、安藤はハッカーの存在に気が付いている」

スタッフが凍りつくのが分かった。マツモトは言葉を継ぎ足した。

「もっとも、それがハッカーというものだと知っているかどうかは分からないけど。もしかすると、我々が何か操作をしていると考えているかもしれない。でも、史実をねじまげようとしている人間がどこかにいることには気付いているんだ」

「どうしてそう言いきれる？」

ジョンが短く尋ねた。

マツモトは、モニター画面を指で叩いた。

「告示の内容が違っています。さっきアリスとニックにも話していたんですが、告示の焦点であった箇所がおかしい。今度は『真意』のままになっている。安藤はそれに気付いた。だが、『シンデレラの靴』はそれを不一致とはみなさない。彼はそれが許せなかったんでしょう。だから、安藤はわざと『シンデレラの靴』が不一致とみなすような行動に打って出た。もう一度告示を出させるようにね」

部屋の中に唸《うな》り声が響いた。もっとも、マツモトが話している内容をきちんと理解している者はあまりいないだろうが。

「もしかすると、本当はそっちの方が正しいのかもしれないじゃないの。『真意』のままの方が史実だからこそ、『シンデレラの靴』は不一致と判断しなかったのかもよ」

アリスが冷ややかに言った。

「いや、史実は『行動』だ。きちんと資料にも残っている。『シンデレラの靴』にもその資料は読み込ませてあるはずだけど、誤差範囲と判定したのかも。安藤は、我々なんかよりもずっと誠実だ。史実に従おうとしてるんだから。少なくとも、なかったことを捏造《ねつぞう》するような人間じゃない」

マツモトは、またしてもむきになってしまう自分に動揺した。だが、安藤がその言葉にこだわった気持ちは、痛いほどよく分かったのだ。

彼は、一度だけ国連に「呼び出されている」安藤を見たことがあった。ぴんと背筋を伸ばし、まっすぐに人を見る彼の立ち姿が目に焼きついている。

しょせん、我々は思い上がっていたのだ。歴史に介入し、人類を救おうなどと。選ばれた我々が、世界を良い方向に導いていけると。過去の人間は、我々よりも劣った、愚かな存在であると。

そのあげくの果てが、ＨＩＤＳの蔓延《まんえん》、先細りの未来だ。しかも、我々はその解決を過去に頼ろうとしている。なんという恥さらしな連中だろう。そして今、なんという残酷な使命を、彼らに負わせているのだろう。自分の信念に従い、無残にも死んでいった人間に、もう一度同じ屈辱を味わい、もう一度死ねと頼んでいるのだ。

「内容の是非は、今はどうでもいい。問題は、それがハッカーの仕業だとして、いつ介入されたかだな。その兆候はあったのか？」

ジョンが冷静な声で口を挟んだ。スタッフは力なく首を振る。

「知っての通り、ハッカーは瞬時に侵入している。いつどこで介入したかなんて、現時点で発見するのは不可能に近いですよ。国連の応援部隊が来ても、ハッカーを見つけられるかどうか」

ニックが疲れた顔で呟いた。

「宮中にはあまりカメラが入っていないんですよね。参議官の会議を見られれば。あの中の回線を調べられたら」

マツモトは、いらいらと腕をこすった。

ジョンが怖い顔になる。

「再生時間に我々が接触することが許されないことはよく分かってるだろう？　ＨＩＤＳの原因はそれだと言われていることを、よもや忘れてはいないな？」

「でも、アリスはここの猫を捕まえてきてるじゃないですか」

「あたしたちは予防接種を受けているし、猫にも薬を飲ませ、消毒してから触れるようにしているわ。このプロジェクトにネズミは大敵なのよ」

「じゃあ、そのネズミはどうなんだ？　蚤《のみ》や蚊だっているし、虫に接触しないわけにはいかないだろ」

「私が言っているのが、虫やネズミの問題じゃないことはマツモトも分かっているだろう」

ジョンが、子供の喧嘩《けんか》を成敗するように、マツモトとアリスを睨みつけた。

「この部屋を出てはいけない。それは絶対だ。分かったな。とにかく、リセットして先に進めよう。またアンドーが怪しむ」

「もし、またアンドーが『不一致』に仕向けたらどうするんです？」

アリスが不機嫌な顔で尋ねた。

「そんなことはしないさ。彼だって、自分が今回不一致に持ち込んだことを我々に知られたくないと思っているし、この手がそう何度も使えるなんて甘いことは考えていないだろう。むしろ、彼は我々以上に忠実に任務を果たそうとしているのかもしれない」

ジョンは喋りながら考えているようだった。

「人間は、真実という言葉に弱いものだ――どんなに嘘をつくのがうまくても、自分の中にある真実からは決して逃れることができないことをよく知っているのさ」

アリスはジョンの言葉の意味を考えているようだったが、気分を切り替えたように背筋を伸ばし、再び操作パネルに手を伸ばした。

「七十八分のリセットに入ります」


随分待たされたような気がしたが、それはいつものように突然始まった。

最初に、胃と肺が苦しく感じることがその予兆だ。

安藤は足を踏ん張った。

ズシリと全身に負荷が掛かる。息を止め、歯を食いしばる。

それをなんと表現したものだろう。全身の細胞が、頭のてっぺんに向かって逆流していくような。肌も内臓も意識も、音のない風にむしりとられてどこかに吸い込まれていくような。

全身が更に重くなる。腕が、肩が、ぶるぶると震える。空間に、時間に、激しい負荷が掛かっているのだ。

耳に聞こえない音で、世界がいっぱいになる。

目にも留まらぬ速さで、風景が、人物の顔が、前方に飛んでいく。二重橋、野中大尉、警視庁、坂井中尉、配られるビラ、露営、兵士たち。きゅるきゅると甲高い音で、誰かの声が混じりあって頭に響く。
めすすす　るいてしをにな　うどんあ　うどんあ　だうど　りよれこ
安藤は、ひたすらその不快な時間が通り過ぎるのを耐える。
戻れ。さあ、戻るんだ。
「うぐぁあああああ」
無意識のうちに大声で叫んでいた。
次の瞬間、ふっと全身が軽くなる。
思わず目を見開き、大きく息を吐き出していた。
全身が、ざわざわという心地よい喧騒に包まれる。ゆったりと流れている普通の時間。
雪の積もった三宅坂。動き回る兵士たち。
安藤は背中にじっとりと汗を掻いていた。
身体を震わせてゆっくり深呼吸をし、手に持っていた懐中連絡機に目をやる。
再生時間は、午後三時三十二分を指していた。
戻ったのだ。あのビラが配られるのは、まだこれからだ。
安藤は安堵もつかのま、すぐに移動し始めた。

ＨＩＤＳ。

これは、俗称である。

かつて一九八〇年代に世界中に広がったＡＩＤＳは後天性免疫不全症候群（Acquired Immune Deficiency Syndrome）の略称であるが、ＨＩＤＳはこれをもじったもので、歴史性免疫不全症候群（Historical Immune Deficiency Syndrome）と呼ばれるようになったのだ。本当の病名がなんというのかは、今では誰も気にしていない。

それは、世界を突然襲い始めた病だった。

「聖なる暗殺者」が帰還して数ヶ月が経過し、最初に掛けた『額縁』を外した頃である。

改変は、急には起こらないことが分かっていた。過去の一点が変わったからといって、劇的に全てが変わるわけではない。それは少しずつ長い列のドミノを倒すように波及して、現在に追いついてくると研究者によって予想されていたのだ。少なくとも、波及が終了するまでは数年掛かると言われていた。

「聖なる暗殺者」の帰還に、世界中が熱狂した。これまで見たことのない種類の、新しい英雄。宇宙飛行士、いやそれ以上に画期的な英雄だった。なにしろ、彼らは過去に行き、過去より生還したのだから。人類の忌むべき記憶、忌むべき汚点を抹殺することに成功したのだから。歴史的快挙。人類の新しい地平。その成功に酔いしれる世界に、奇妙な病気が流行《はや》り始めていることを、彼らの生還と結びつけて考える者はなかなかいなかった。

『額縁』を掛ける前の一九八〇年代、深刻な財政難に陥《おちい》っていたアメリカ政府が医療予算を大幅に減らしていたため、ＡＩＤＳの初期の流行を特殊な性病と考え看過《かんか》していたように、最初その流行も見過ごされたのである。

それは、一言で言えば、激しい老化であった。人間が一生を掛けて行う数十回の細胞の世代交代を、非常に短時間のうちに終わらせてしまうのだ。以前から、そういう病気は少数ながら報告されていた。子供なのに老人のような身体になってしまう、という状態に陥る病気である。

医師たちは、当初この病気がそういう老人病の一種だろうと考えていた。しかし、次第にそうではないことが明らかになってきた。この病気は、『聖なる暗殺』の歴史的波及効果が大きい場所と連動して大発生していることが分かってきたのである。

その事実は世界中を震撼《しんかん》させた。医師たちは、歴史の改変とその波及という、時間差の負荷が、人体に影響しているのではないかという仮説を立てた。その頃から、それはＨＩＤＳという名前で呼ばれ始めた。誰が呼び始めたのかは分からないが、みんながその名称を使うようになったのだ。

その一方で、根強いウイルス説もあった。「聖なる暗殺者」が過去に行った時に、現在の世界に持ち帰ってきたというのである。「聖なる暗殺者」は帰還と同時に地球規模のスターとなったため、世界各地を回って講演を行った。その時に、彼らがウイルスをばらまいたというのだ。彼らが帰還して数ヶ月してから各地に病気が蔓延したというのも、時期的に一致している。数十年前の人間と、現在の人間とでは、病気に対する抵抗力が違う、というのがウイルス説を主張する研究者の根拠だった。当時開発中だった生物兵器に感染したのでは、という説もある。

誰が正しいのかは不明である。未だに、研究者たちは激しい論争を続けている。だが、どういう人間が罹患《りかん》して、どういう人間が罹患しないのか、はっきりしたこともまだ判明していないのだ。新陳代謝のスピードを一定に保つという薬が開発され、ある程度の効果が臨床試験で実証されたため、驚くべき速さで認可され、世界中の人間が、その薬を毎日飲み続けている。しかし、薬を飲めるのは先進国の人間に限られているし、それも全員が飲めるわけではない。薬が廉価《れんか》で大勢の人に行き渡るようになるまでに、世界中で、ＡＩＤＳの勢いに迫る犠牲者が出ていた。それまで倍々ゲームで人口爆発が起きると予想していたＷＨＯ《世界保健機関》はその予想を撤回し、一九九〇年代後半には、この先二十年で、人類の文明を維持できるだけの人数が残るかどうかも分からないという、劇的な下方修正を発表した。

その報告は、かつて『聖なる暗殺』を決意した国連に、新たな決意をさせた。それがこの、時間と歴史を再生するという世界規模のプロジェクトなのだ。

ミルクは温めすぎてはいけない。

ジョンは、伝染病の流行というテーマについて考える時、いつもミルクパンでミルクを温めているところを思い浮かべる。

ふつふつと隅に小さな泡が立っているうちはいいが、ある一点を過ぎると一気に吹きこぼれてしまう。吹きこぼれて冷めたミルクはまずい。過度の熱で、栄養分も死んでしまっているからだろう。

最初はごく一部の地域で安定した数を保っていたのに、ある日じわじわと広がりだす。拡大のスピードは突然急カーブを描いて大きくなり、ついにそれは沸点を迎え、爆発的な流行をみる。だが、激しい蔓延のあとで、流行は終息する。宿主のほとんどが死に絶えてしまい、その頃にはウイルスに抵抗力を持った個体が現れているからだ。

バランス、それこそが神の摂理だ。

ジョンはつくづくそう思う。

世界は常に均衡していなければならない。例外や過剰は許されないのだ。

神の摂理は、不自然なもの、いびつなものを見逃さず、均一であるものも許さない。

その一方で、世界は常に変容していなければならない。停滞は生命にとって無意味であり、死そのものである。逆に言うと、生命活動とは変容することなのだ。

ジョンは、疾病というのは、自然界の均一を駆逐し、生命活動のスピードを上げるためのものなのではないかと思う。同じものがたくさんありすぎるというのは、自然界において不自然であるからだ。世界は常に多種多様でなければならない。常にオリジナルを生み出し続けなければならないのだ。

そういう観点から見ると、時間の遡行というのは、神の摂理にとってどういうポジションを占めるのだろう。やはり不自然で、淘汰されてしまうものなのだろうか。

ジョンは、しばしばこのことについて考えてみた。HIDSの蔓延は、やはり我々の試みが誤っていたことの証明となったし、HIDSの蔓延が、我々にこのようなてもいびつな作業を強《し》いることになったことも確かである。

だがしかし、なぜ我々にあの方法を発見することができたのだろう？　なぜ我々は過去に関与できたのだ？　それもまた変容ではないか。新たな生命活動の進化ではないか。これもやはり神の摂理の予定のうちだったのではないだろうか。なぜなら、我々はできたのだから。

ジョンは、無表情で考えながらピルケースを取り出し、薬を口に入れる。彼はもう水なしでも飲み込めるようになっていた。

ともかく、彼は再生を完了させなければならない。我々の試みが、進化なのか失敗なのか分かるのはその時だ。

警備司令部で電話に出た安井藤治参謀長は、最初に香椎中将とふたことみこと話をしながら、隣で筆記しようと待っている福島久作参謀の顔をちらっと見た。

福島は、安井が電話で口述するのを今か今かと待っている。

聞き漏らすことは許されない。

必死に耳を押し付けていると、咳払いをする声が聞こえ、ややくぐもった香椎中将の声が流れ出してきた。

「いいか、読み上げる」

「はい」

もう少し受話器に口を近づけてくれると有難いのだが。

「いち、決起の趣旨に就いては」

ボソボソした声に耳を澄まし、彼は言葉を繰り返す。

「いち、決起の趣旨に就いてはっ」

「よしッ。天聴に、天に聴くだ、達せられありっ」

「天に聴く、天聴に、達せられありっ」

「よしッ。に、諸子の、もろもろの子供」

「に、もろもろの子供、諸子のっ」

「よしッ。行動は」

「行動はっ」

安井は淡々と反復を続ける。隣では、福島が黙々とそれを書き取っている。

「よしッ。国体顕現の、国のからだ、顕著のけん、現れる、だ」

「国のからだ、顕著のけん、現れる、国体顕現のっ」

「よしッ。至情にっ。至る、なさけ、だ」

「至るなさけ、至情にっ」

「よしッ。基づくものと認む」

「基づくものと認む」

全部で五項目が二回繰り返された。安井と福島は文字を点検し、書き取られた文章を確認する。

そのまま、その文章は印刷に回された。

警備司令部が統率している第一師団長と近衛師団長に、印刷した文章が手渡されたのは午後四時であった。

一方、安井はその文章を書き取った紙を手に、緊張した面持ちで立ち上がった。

彼は、その文書の内容を、これから決起部隊に伝えに行くのである。


安井参謀長が警備司令部を出ていくのを窓の外から見送り、安藤はそっと身体をかがめて考えこんだ。

軍事参議官の会議に潜《もぐ》り込むことは不可能だったし、時間も間に合わなかったので、誰が告示の原文を操作したのかを突き止めることはできなかった。しかし、警備司令部に近付いて、その内容が伝えられ書き留められる現場を目撃することができたので、安藤はとりあえず満足だった。

やはり、軍部の上層部からの連絡ではっきりと「行動」と伝えられていたことが確認できたのだ。安藤はようやく溜飲を下げることができた。久しぶりに、寛《くつろ》いだ満足感が広がる。

じゃあ、さっきのビラは何だったのだろう？

考えれば考えるほど、不思議でならない。

国連の話とは随分違う。彼らからは、基本的には、何もしなければ歴史はかつてあった出来事を自然となぞっていくのだという説明を受けた。

だが、あのトラックの男といい、このビラの文句といい、明らかに不自然かつ人為的な小細工が為されていることは確かだ。

改めて、あの暴走トラックの件が頭に浮かぶ。

他にも誰かがいる。

安藤は直感した。国連の連中ではない誰か、国連の連中とは相容《あい》れない誰かが。恐らく、国連の奴らも、その相手に手を焼いているのだろう。あのぎくしゃくした応答や、返事の不自然さはそこから来ているのだ。

安藤は苛立《いらだ》ちを覚えた。こんな話は聞いていない。いったい俺はどうすればいいのだ。なんの説明も受けずに、このまま続けろというのか。こちらから奴らに連絡を取って、善後策を講じる手立てはないものか。また不一致にでもしない限り、奴らと話もできないのか。

安藤は、冷たい雪の積もった窓の外で悶々《もんもん》と悩み続けていた。


配られたビラを見て、決起将校たちは狂喜した。

自分たちの行動が、軍の上層部に認められたと誰もが確信した瞬間だった。

抱き合って歓声を上げる者、一人じわりと喜びを嚙み締める者、それぞれが昭和維新の成就《じょうじゅ》を信じていた。

栗原は、人一倍気性の激しいいつもの彼に似合わず、一人でじっとそのビラを見つめていた。そんな彼を、感激の余り口もきけないんだろうと揶揄《やゆ》する将校もいる。どの顔も、歓喜と安堵に輝いているのを眩《まぶ》しく眺めながら、栗原はじっと別のことを考えていた。

栗原も、さっきの再生のビラを見て衝撃を受けていた。怒りと動揺の余り顔を赤く染め、一人でビラを握り締めていた。

だが、そのあと暫くして、再生時間は不一致となった。実は、栗原は、安藤が自ら起こした不一致とは知らされず、ビラの内容の齟齬《そご》による不一致だと思い込んでいたのだった。不一致になるまで少々時間が掛かったが、これまでもそういった空白の時間はあったたし、あまり深く考えていなかったのである。

それに、栗原は栗原で別の計画を温めていた。彼もまた、不一致に至るかどうか、自らどうしても確認しておきたい事柄を胸に秘めていたのだった。

午後七時。

ラジオから流れ出す声は、東京に戦時警備令が発令されたことを淡々とした口調で説明していた。

ここで初めて、日本国民全体が、東京で軍部によるクーデター事件が起きたことを知ることとなったのである。

ニュースで事件の勃発《ぼっぱつ》を告げるのと同時に、東京警備司令部は、続けざまに軍隊に対して命令を出していた。

軍隊ニ対スル告示

一、第一師管内一般ノ治安ヲ維持スル為本日午后三時第一師管戦時警備ヲ下令ヤラル

二、本朝来出動シアル諸隊ハ戦時警備部隊ノ一部トシテ新ニ出動スル部隊ト共ニ師管内ノ警備ニ任ゼシメラル、モノニシテ軍隊相互間ニ於テ絶対ニ相撃ヲナスベカラズ

三、宮中ニ於テ大臣等ハ現出動部隊ノ考ヘアル如キコトハ大イニ考ヘアリシモ今後ハ大イニ力ヲ入レ之ヲ実行スル如ク会議ニテ申合ハセヲナセリ

師戦警第一号

歩兵第三連隊長ハ本朝来行動シアル部隊ヲ併セ指揮シ担任警備地区ヲ整備シ、治安維持ニ任ズベシ、但シ歩一ノ部隊ハ適時歩三ノ部隊ト交代スベン

師戦警第二号

歩兵第一連隊長ハ朝来行動シアル部下部隊及歩兵第三連隊、野重砲七ノ部隊ヲ指揮シ、概ネ桜田門、(日比谷)公園西北側角、(旧)議事堂、虎ノ門、溜池、赤坂見附、平河町、麴町四丁目、半蔵門ヲ連ヌル線内ノ警備ニ任ジ、歩兵第三連隊長ハ其他ノ担任警備地区ノ警備ニ任ズベシ

「本朝来出動シアル諸隊」(今朝登省してきた部隊)、それはすなわち、クーデターを起こした決起部隊に他ならない。その決起部隊と一緒に、決起部隊が鎮圧占拠しているエリアを見張れ、と言っているのである。

午後四時過ぎに配られた陸軍大臣告示に次ぐこの下令に、決起部隊の将校たちは、いよいよ自分たちの目的は達成されつつあるとの意を強くするのも当然だった。

決起部隊は、官軍と認められたのだ。

同じ頃、軍人会館の隅の狭く薄暗い部屋では、国連の応援部隊の受け入れに大わらわだった。

もっとも、誰もがむっつりと黙り込み、音を立てないように気を遣っている。

フロアの片隅にある、木でできた四角い大きな掃除用具入れ。

中からは箒《ほうき》や塵《ちり》取《と》り等の道具が外に出され、「整理整頓」と墨で書かれた紙が貼ってある扉が、大きく開け放たれていた。

それは、一種奇妙な眺めだった。暗い掃除用具入れの奥から、大きなカバンや機械を抱えたスーツ姿の男たちが続々と出てくるのである。

「なんだか、子供の頃に見たことのある風景だわ。どこでだったかしら」

アリスが腕組みしてその様子を見守りながら呟いた。

「C・S・ルイスだろ」

隣で立っていたニックがそう答えてニヤリと笑う。

「ああ、なるほど。そうか」

「ルイスの書く世界では、クローゼットの奥に雪の降る森と街灯があったけど、この掃除用具入れの向こうには、我々が住む悪夢のような世界があるってことさ」

「悪夢、ね。あたしに言わせれば、この狭いオフィスこそが、本物の悪夢だわ」

「夢の世界へようこそ、だ。みんなでいい夢を見ようぜ」

ニックは、到着した職員が抱えている機材を運ぶのを手伝いに行った。


夜は更けた。

道のそこここで露営をしている兵士たちの話し声が聞こえる以外は、恐ろしいほど静かな夜である。兵士たちの間には明るい雰囲気が漂っていた。今朝、がちがちに緊張して闇の中の坂を登ってきた時とは雲泥《うんでい》の差だ。維新は受け入れられ、全ては順調である。極度の緊張が緩和された柔らかな空気が、澄んだ夜の空気と溶け合っていた。

焚《た》き火《び》がぱちぱちと陽気な音を立てて揺れている。

炎の影が、兵士たちのシルエットを目まぐるしく躍らせていた。

兵士たちが口を開く度に吐き出される息が、そこここで白く浮かび上がっている。

その兵士たちの群れに紛れて、一人の男が静かに夜の底を歩いていく。

男の口元から上がる白い湯気は、彼から立ちのぼる殺気の表れであるかのように見えた。

月のない、暗い夜である。

男は闇に姿を隠すようにして、一人でまっすぐ首相官邸を目指していた。

今朝の惨劇の気配すら見せず、遺跡のようにぼんやりと横たわる石造りの建物に、男はするりと入り込み、中に音もなく潜り込んでいった。

男は、官邸の中にうっすらと明かりがともっていることにすぐに気付いた。明かりが漏れないように工夫は為されているが、この漆黒の闇の中では、それでも一目でそれと分かる。

ドアの隙間から、一条の光が縦の線の形に男の顔を照らし出した。

冴えざえとした表情の栗原である。

その目は無表情だった。吹き出物一つない白い肌に、オレンジ色の光が当たっている。

やはり、いるのだ。もうここには来ないと思って油断したな。

栗原は、闇の中を素早く動いた。

かつては、安堵したこともあった。総理を殺さずに済んだことを喜んだこともあった。

しかし、やはりそれは間違いだった。昭和維新をやり遂げるためには、やはりこうしておかなければならなかったのだ。

不一致になるならなれ。その時また、次はどうするか考えればいい。

だが、こういう考え方はどうだろう。

栗原は、拳銃を握り直した。

あの演算機械は、史実の輪郭をなぞっているだけだ。歴史上の進行に関わる人間を主に判別の基準とし、その人物の時間が中断されることは許さないが、それ以外の人物には割に甘い。この、後に「二・二六事件」と呼ばれることになるこの事件において、岡田首相の出番は既に終わっている。この事件の中ではもう「退場したことになっている」のだ。だったら、本当に「退場した」としても、大して変わりはないのではないか?

栗原は、ゆっくりと扉を開いた。

なるほど、使用人の部屋らしい。部屋の奥の押入れが開いていて、そこに誰かがうずくまっているのが見えた。

小柄な女が、皿に載せた握り飯を運んでいくのが見える。

うまいところに隠れたな。きちんと官邸全部をさらうんだった。かなりの広さがあるので、この空間を見過ごしてしまったのだ。

栗原は、そっと室内に足を踏み入れた。

まだ二人とも彼には気付いていない。

栗原は、ゆっくりと拳銃を構えた。

「その女、どけ！」

びくっとして、恐怖に顔を歪《ゆが》めた女がこちらを振り返り、「ひっ」という短い声を上げた。

その隣に、疲労の色も濃い老人が、ぎょっとしたようにこちらに顔を向けた。

「斬奸《ざんかん》！」

栗原は鋭く叫び、引き金を引いた。

深い夜のしじまを、一発の銃声が切り裂く。

fragment 4

早朝の町は、朝もやにけむっていた。

朝の匂いに、初秋の匂いが混ざっている。

少年は、町外れの自宅の近くにある小さな公園で、一人黙々と鉄棒に向かっていた。小学校の授業の、逆上がりの試験が明日に控えているというのに、彼はまだそれができなかったのである。

級友たちが、どんどん逆上がりができるようになっていくのを見ているうちに、彼は焦《あせ》ってきた。自分も、鉄棒の上にくるりと起き上がり、歓声を上げて笑ってみたかった。

しかし、何度地面を蹴《け》っても、その足は地球の重力に従順で、再び地面に戻ってきてしまうのだった。

先日、きっとこいつだけは最後までできないだろうと思っていた、クラスで一番身体の小さな女の子でさえ、よろよろと危なっかしくも鉄棒の上に身体を持ち上げたのを見た時は、ショックで目の前が真っ暗になった。

今や、彼は追い詰められていた。なんとかしなければならない。なんとかしなければ。

少年はまんじりともせずに夜を明かし、じっとしていられなくなって、こうして日の出が近い公園に出てきたのだった。

本当は、誰かが隣に付いて、身体を持ち上げるタイミングを覚えさせてくれるのが、逆上がりができるようになる早道だと、彼も気付いていた。実際、「せんせいできませーん」と叫んで先生に寄っていき、先生の手で何度も身体を押し上げてもらっているうちに、たちまち逆上がりができるようになった級友を何人も目撃している。しかし、彼には「できませーん」と叫んで先生に近寄っていく勇気などとてもなかったし、家族に補助を頼むことも恥ずかしくてできなかった。少年は、人に話し掛けるのがとても怖かったのである。

早朝の鉄棒は、氷のように冷たい上に、とてもざらざらしているので、いきなり少年のやる気を削《そ》いでしまった。彼は惨《みじ》めで泣きたい気分になったが、手をこすりあわせ、一生懸命やる気を奮《ふる》い立たせた。

やるんだ。やるんだ。これは、できるかできないかしかないんだ。もう、できるようになるしかないんだ。

頭を空っぽにして、彼はがむしゃらに鉄棒にしがみついた。何度も地面を蹴り、何度も地面に足を叩《たた》きつけられる。そのうちに、鉄棒の冷たさを感じなくなった。むしろ、摩擦で熱いくらいだった。

もう何十回繰り返したことだろう。蹴り上げているところの土がだんだんえぐれて、黒土の匂いが冷たい地面から立ちのぼっていた。

かちゃかちゃ、かちゃかちゃ、と遠くから馴染《なじ》みの音が聞こえてくる。

ああ、牛乳屋さんだ。もうそんな時間なんだ。

少年は疲労と絶望を感じながらも、ひたすら地面を蹴った。相変わらず、身体が鉄棒の上に持ち上がる気配はない。むしろ、疲れて足が上がらなくなってきているほどだ。

惨めさと焦りで全身はガチガチだ。しかし、ここで休んでしまうと、まだできないという事実を噛《か》み締めなければならないので、怖くて休むことができなかった。しかし、腕は痺《しび》れ、てのひらは赤くすりむけて、休息を取ってくれと悲鳴を上げていた。

かちゃかちゃ、かちゃかちゃ、かちゃかちゃ。

公園の前の道は、長くゆるやかな坂になっている。初老の牛乳屋にとってこの長い坂は大きな関門らしく、いつも息を詰め、歯を食いしばりながら、そろそろと坂を登ってくるのだ。しかし、坂の半分を越えるとハッハッと呼吸が乱れ、肩で息をするように大きく自転車を漕《こ》ぐので、それまで小刻みだった牛乳瓶の触れ合う音が粗雑になり、がちゃんがちゃんと耳障《みみざわ》りな音になるのだ。少年はその音を聞くと、ああ、おじさんもう一息だな、といつも思うのだった。

今朝もついに坂を登りきり、ホッとしたような沈黙が降りた。やがて、かちゃかちゃ、かちゃかちゃ、という和《なご》やかなリズムを取り戻した牛乳屋が、ゆっくりと近付いてくる。

いつのまにか、少年は動きを止めてぼんやりと鉄棒にもたれかかっていた。

背中を丸め、カーキ色の帽子をかぶり、たくさんの牛乳の入った布のカバンを、自転車の左右に驚異的なバランスで提《さ》げた牛乳屋の姿を、ぼやけた視界の中でじっと見送った。

ふと、少年は、牛乳屋とすれちがいざまに、ワイシャツ姿の若い男が、朝もやの公園に入ってくるのを見た。

ひょろりとした身体つきで、どことなく頼りない感じのする男だった。しかし、くりっとした大きな目は強い光に溢《あふ》れていて、やんちゃな子供のようだ。

男はすたすたと公園に入ってきて、少年の姿を認めると、手を上げて「やあ」と叫んだ。

少年は、初めて見るその男を、きょとんとした顔で見つめていた。

FEBRUARY 27, 1936

日付は変わり、二月二十七日。

東京は重い闇《やみ》に沈んでいた。

帝都の中心である宮城《きゅうじょう》の濠《ほり》は、そのねっとりとした闇の中でも、ひときわ暗く大きな穴を開けているかのように見える。

見た目には不気味なほどに静まり返っているが、夜の空気は不穏な嘲笑《ちょうしょう》を秘めていた。

衝撃的な早朝の襲撃に幕を開けたクーデターは、ひとまず達成の方向に向けて大きく動き出したかのように見えた。そのうねりに、何か新しい世界が開けるのではないかと、そこはかとない希望を見出した人間が、この場に多数いたことは確かである。

しかし、希望を抱く人々が憩《いこ》う同じ闇の底では、姿を見せない多くの企《たくら》みがゆっくりと蠢《うごめ》いていた。

午前一時三十分、岡田内閣総辞職。

決起部隊の発表により、世間一般と軍の大部分の人間は、岡田首相は殺されたものと思い込んでいた。内閣総辞職は、後藤文夫《ごとうふみお》臨時首相代理の手によって行われたのである。

この時点で、岡田首相が襲撃を免れたことを知っていた者が何名かいたと言われている。その者たちは揃《そろ》って口をつぐみ、そのまま首相の葬儀が終わるまで、その事実を隠し続けていた。
だが、彼ら以外にも数名が、彼らとは異なる方法によって、その事実を知っていた。

内閣総辞職が行われる少し前。
日付が変わったばかりの真夜中である。
ここにまた一人、闇の底をきびきびと移動し、首相官邸の中に入っていく男がいた。
男は全くためらいを見せず、さっさと中に入っていく。
が、長い廊下を進むうちに、淡い光の漏れる開いた扉の手前でピタリと足を止めた。
石原莞爾は、扉の向こうにかすかな血の匂いを嗅《か》いだ。
なんだ、これは？　昨日の朝の襲撃の名残《なごり》か？
彼はつかのまその匂いについて考え、首をひねった。
しかし、これは鮮血の匂いだ。まだ新しい。
足音を立てずにそっと扉に近寄り、中に入る。
ぼんやりとした明かりの中、横たわる影があった。
石原は、全身の神経を集中させて静かにその影に近寄った。

押入れから転がり出すようにして絶命している男。

驚愕《きょうがく》にカッと目を見開き、無念そうに広げられた指は既《すで》に硬直が始まっていた。

床の上に、皿と握り飯が放り出されている。

本物の岡田首相だ。

石原はゆっくりと部屋の中を見回した。女中部屋か。

静まり返った官邸内には、何の気配もなかった。

誰が撃ったのだ？

額を一発で撃ち抜かれているのを見て、石原は考えた。

撃ったのは軍人。拳銃を使っているところから見て、将校クラス以上の者。撃たれてからまだそんなに時間が経っていない。つまり、夜中になってからわざわざここまでやってきて、首相を撃ったことになる。

石原は、白いものが混じった硬い髭《ひげ》をそっと撫《な》でながらこの事態について考えた。

誰かが差し入れをしているのだから、首相の側近が彼の生存を知っていたことは明らかだ。が、側近が彼を殺すことは考えられないし、決起部隊と世間の大部分は、まだ首相が死んだと信じている。

つまり、側近以外で、首相が生き延びてまだ官邸内にいることを知っていた者が彼を撃ったのだ。そんなことができる人間はごく限られている。

要するに、俺と同じ立場の者だ。通常の手段では、首相の生存を知り得ない者。

誰か、俺のほかにも首相のこの先について考えていた者がいる。

石原は、先回りされたという気持ちでいっぱいになった。

彼も、ある思惑を抱いてここにやってきたのだ。

岡田首相が生きていることを、何かに使えないかと彼はずっと考えていた。

彼が思いついたのは、生きている首相を密《ひそ》かに担《かつ》ぎ出し、今のうちにもっと多くの政治家を巻き込んで現在腰砕けになって決起部隊寄りになっている幹部に働きかけてもらい、早いところ決起部隊を抑え込む方向で話をつけてもらえないかというアイデアだった。

見た目の歴史は変えられないというのなら、見えない部分で少しでもよい方向ににじり寄っていけばいい。ここで軍部に収拾を任せっきりにせず、政治家が立ち回って文民統制の可能性を見せておけば、後の軍部への牽制《けんせい》になりうる。

石原は、国連から、可能な限り戦後公表された資料を見せてもらった。どれも興味深いものだったが、一つ印象に残っているのは、陛下が残した手記の中で、日本国民のことを「徒《いたずら》に付和雷同する」と評していたことだ。そうなのだ、決して戦争は軍だけが行うのではない。殺せ、奪え、あの陣地を取ってこいと銃後《じゅうご》で囃《はや》したてたのは国民なのである。目の前に提示された情報を吟味することなく、すぐに浮き足立って他人の尻馬《しりうま》に乗り、その場の雰囲気に酔うのは日本国民の特性である。明治維新の時はそれが吉と出た。とにかく時代についていこうと、国民が一丸となって目標に向かって努力し、瞬《また》く間《たた》に近代国家の基盤を作り上げた。だが、今回は――

日本陸軍がこれから背負うことになる汚名を考えると、彼は暗澹《あんたん》たる心地になる。国を守りたいと素直に言えぬ後輩のことを不憫《ふびん》にすら思う。日本陸軍の蛮行《ばんこう》は、世界に大々的に宣伝される——もちろん、負けたからだ。負けた国の残虐行為は、戦勝国によって広く宣伝される。人は因果応報の図式を求める。ドイツも、日本も、神をも恐れぬ残虐行為ゆえに、神様の報いを受けたのだよ。はい、今日のお話はこれでおしまい。人々はそう言って絵本を閉じ、安心して眠りに就く。

国民も、軍に全ての罪をかぶせて頰《ほお》かむりをした。日露戦争の熱狂や、三国干渉への罵倒《ばとう》はそんなに昔のことではない。彼らは世界からの非難を恐れ、反省することも厭《いと》って、ひたすら全てを忘れたがった。ホラ、私たちはこんなに軍隊が嫌いです。私たちは兵隊さんに騙《だま》されていたんです。もう銃は持ちません、銃を使うのが上手なアメリカさんに守ってもらうことにしましたから。

けれど、しょせん、やはり直接の原因は軍部にある、と石原は考える。

現時点でも、既に組織は肥大化し、硬直し、明確なビジョンを持った指導者を欠き、常に感情に流され合理的な判断ができない。

この事件が、歴史の分岐点に選ばれたのは理解できる。このまま軍が暴走し、歯止めがきかなくなっていくことは後の記録からも明らかだ。だから、今、将校たちの残虐な襲撃に恐怖し、このまま政治家たちに陸軍の理不尽さと自浄能力のなさ、軍は何をするか分からないという先入観を植え付けられてしまっては困るのだ。

そこまで考えて、彼はふと重大なことに気がついた。

首相がここで殺害されてから、そんなに長い時間ではないものの、それでもある程度の時間は経過しているはずだ。

なぜ不一致にならないのだ？

石原はじっと耳を澄まし、薄暗い部屋の中で目を凝《こ》らした。

しかし、答えるのは沈黙だけだ。雄弁な沈黙。あの、凍りついたように静止した、どこかまがいものくさい世界ではない。耳障りなベルの音も、不快な胸の振動もない。

ふん。

石原は、小さく鼻で笑った。

なるほど。この男が死のうが生きようが、大勢《たいせい》には影響がないということか。なんとまあ、あいつらの機械は、酷薄であっさりとした判定を下すことだろう。

彼は、床に倒れている男に一瞥《いちべつ》をくれ、踵《きびす》を返した。

確かに、もうじき内閣総辞職だ。あながち機械の判定は間違っていまい。もう、彼はこの事件から退場したのだ。

石原は、憮然《ぶぜん》とした表情で、足早に闇の中へ消えていった。

「噂《うわさ》には聞いていたが、これが『シンデレラの足』か。随分太い足だな」

ジョンが、素朴な感想を述べた。

一見、長靴に見えないこともない、一抱えほどもある黒い機械が床に置かれている。キラキラした小さな窓のようなものがびっしりと並んでいて、その一つ一つが計器であることが窺《うかが》える。

立錐《りっすい》の余地もない、とはまさにこのことを言うのだろう。

狭く暗い部屋の中には、大勢のスタッフが無理やり小さな折り畳み椅子に腰掛けて、その機械の前に立っている一人の男を見つめていた。

「原理はいたって簡単ですよ」

アルベルトと名乗る、ずんぐりむっくりでひょうきんな顔をした若い技師は、くいっと肩をすくめた。トウモロコシ色の髪が、トウモロコシの毛のごとくふわふわと広がっている。

「靴は文句を言いません。少々サイズの違う足が入っても、履けますからね。多少ぶかぶかしていたりきつかったりしても、とりあえず歩けないことはない。この『シンデレラの靴』は、なるべく多くの人に履いてもらって、とにかく目的地まで歩いてほしい、というのが大前提として作られています。言い換えれば、その程度の誤差を最初から見込んでいるわけです。ぴったりじゃない足が入っても、王子みたいに異議は唱えない。だけど、こっちの『足』は」

アルベルトは黒い機械をぽんと叩いた。

「そうはいきません。靴より足の方がずっと敏感でしょ？　靴に穴が開いていたり、小石や砂が入っていたらすぐ分かります。そのくらいの精度がある。これが、たった一人の、オリジナルのシンデレラの足なんです。この足で靴を履いてみれば、その靴が自分にぴったりのサイズかどうかが分かる、というわけ」

「で、『靴』のサイズが合ってるかどうか判定するのに、いったいどのくらいの時間が掛かるの？」

アリスは、彼のひょうきんさが癇《かん》に障るらしく、いらいらした口調で説明に割って入った。

「そうですね、ピリオドのモニターと、本体とに順番に『足』を繋《つな》いでいったとして」

アルベルトは頭の中で計算する顔になった。

「約十二時間」

「十二時間！　そんなに掛かるのか」

スタッフから悲鳴に似た声が上がった。

アルベルトは動じる様子もなく頷《うなず》く。

「そうです。自分にぴったりの一足を選ぶには、それなりの時間が掛かるというわけで」

「その間、確定作業はできないというわけだな？　仮確定のままずっと作業を続けるだけで」

ニックが疲れた声で尋ねた。再びアルベルトは大きく頷いた。

「さようで。仮確定は不安定なので、くれぐれも不一致の際はご用心を」

「仮確定の間に不一致が発生したらどうするの？　止めることはできないの？」

アリスは不安そうな顔になった。

「止めることはできます。ただ、これまでのようにちょくちょくリセットすることはできません。リセットは、あくまで仮確定の始まった瞬間まで遡《さかのぼ》らなければなりません」

ニックがうんざりした声を出した。

「じゃあ、シンデレラが靴選びを始めてから十一時間五十五分後に不一致が発生したら、もう一度十一時間五十五分前まで遡らなきゃならないってことだな」

「その通り。さすが、飲み込みがいいね」

アルベルトは満足そうに頷いた。

スタッフの間に、絶望の嘆きが漏れる。それは、作業の困難さに対する嘆きが半分、この能天気な技師に対する懸念が半分だった。誰からともなく、一斉に壁の時計に目が向けられた。

302：21：08

間もなく、正規残存時間は残り三百時間を切ろうとしている。

マツモトは、その表示を空恐ろしい気分で見つめた。

これが二百時間を切り、百時間を切る頃には、いったいどうなっているのだろうか？

そう考えると、また胃のどこかがきゅっと締め付けられるような気がした。

「マツモト、これから十二時間以内に起きる事象は？」

ジョンにそう聞かれて、マツモトはハッと我に返った。

「そうですね。戒厳令が出され、陛下から奉勅《ほうちょく》命令が出ます——決起部隊は原隊に復帰せよ、というあれですね。ただし、実際に発令されるのは明日の朝ですので、とりあえず今日のところは決起部隊に対する影響はありません。あと、午前中に岡田首相の葬儀があります。弔問客に紛れて、官邸内に潜《ひそ》んでいた岡田首相が、首相官邸から側近と脱出するという手筈《てはず》になっているはずです」

「なるほど。不一致が起きる確率は」

「特に確率の高い事象は予定されていないと思います」

「よし、ではすぐに『靴』と『足』の接続を始めてくれ。準備が済み次第、『靴選び』をスタートさせようと思う」

ジョンの言葉を合図に、一斉にスタッフたちが動き出そうとするが、なにしろただでさえ狭いところに機械と人員が更に増えたので、みんながぶつかりあい、身体を斜めにして行き交うさまは、まるで暮れの市場のようである。もっとも、ここではみんなが無言なので、市場のような賑《にぎ》わいには欠けていたけれど。

「あのう、アルベルト」

「なんだい」

マツモトよりも頭一つ小さいアルベルトは、気さくに返事をする。

「ハッカーの正体について、何かそっちではつかんでるのかな？」

アルベルトは一瞬真顔になった。いや、それはマツモトが真顔であろうと感じただけのことで、本当のところはどうか分からないが。

「実は、ここだけじゃないのさ」

「え？」

「ここ一年、我々のプロジェクトは、しつこいハッカーに悩まされている」

「じゃあ、これまで各国で確定したところは」

「我々が『足』の開発を急いだので、今のところは大丈夫だと思うんだけどね。でも、今回の奴はタチが悪そうだ」

「どれも同じ人物というわけではないんだね」

「恐らくね。時々同じハッカーの仕業《しわざ》じゃないかと思うことはある。だから、今日は、僕が新たに作ったシステムを試してみようと思うんだ」

「新たなシステム？」

「秘密兵器、『王子の手』さ。残された靴から持ち主を探すのは王子様と相場が決まってるからね」

マツモトは、興味を覚えた。

「どうやって？」

「まだ試作品だからね。あまり詳しくは話せないよ。君には手伝ってもらうかもしれないから、おいおい教える。とにかく、今は『足』のセッティングを手伝ってくれ」

「OK」

マツモトはアルベルトと一緒に『足』を運び始めた。マツモトは、彼を見た瞬間からずっと胸に温めていた疑問を控えめに口に出した。

「ねえ、アルベルト、もう一つ聞いてもいいかな」

「どうぞ」

「君の親戚に、もしかして、同じ名前の物理学者が？」

「ああ、よく聞かれるよ。でも、赤の他人さ。似てるって言われるけど、どこがそうなのか分からないんだ」

アルベルトはあっさりそう答えると、ニッと笑ってぺろりと舌を出してみせた。

だが、その顔は、まさにあの有名な写真そのものである。

こいつ、絶対に意識して真似《まね》してるな。マツモトは苦笑した。


午前二時三十分。

日比谷《ひびや》の一角に、どっしりとした威容を誇る帝国ホテルの一階の、応接室。

玄関脇の応接室は真っ暗で、電灯一つともっていない。

しかし、そのソファには数名の人物が腰掛けていることが窺える。

そこに集まっているのは、石原莞爾大佐と、この事件のことを聞いて三島《みしま》から駆け付けた橋本欣五郎《はしもときんごろう》大佐及び満井佐吉《みついさきち》中佐、亀川哲也《かめかわてつや》である。

橋本大佐はこれまでも何度かクーデターを未遂に終わらせていることから、この事件の勃《ぼっ》発《ぱっ》を聞いて真っ先に上京し、事態の収拾について打ち合わせたいと石原に接触してきていたのだった。満井と亀川は決起部隊とも通じており、満井は事件発生後、決起部隊の将校とも話をしている。

石原は、最初から叛乱《はんらん》軍を断固鎮圧する方針で、参謀本部をまとめてきている。叛乱軍の目的が善意を基にするものであっても、軍というものが組織である以上、叛乱は叛乱であった。これを速やかに、かつ徹底的に抑えることができなければ、組織は組織として立ち行かなくなる。しかし、事件が発生してから一日近く経っても、事態は混迷を極めたままだった。このまま昭和維新が成立することを信じる者たちの間には、それまでの陸軍大臣告示や下令から判断して叛乱軍が受け入れられたと考え、間もなく維新の 詔《みことのり》が下されるという噂が、まことしやかに流布《るふ》していた。

一方、事件の第一報を聞いた海軍は激怒していた。

決起部隊に殺された岡田首相、鈴木侍従長、斎藤内大臣は、いずれも海軍大将であった。陸軍に対する憎悪はたちまち頂点に達した。海軍は直《ただ》ちに強硬方針を明確に打ち出し、叛乱軍との交戦を前提とした臨戦態勢に入る。横須賀の部隊は芝浦《しばうら》より上陸していつでも出動できるよう待機していたし、土佐《とさ》沖で演習中だった連合艦隊は呼び戻され、東京湾を目指して北上中だった。

陸軍内部での対立は、歴史が古く複雑である。それが統帥権や国体のあり方にかかわる根本的な問題を内包していたために、対立の根は深刻だった。常に現状に不満を持つ不穏分子がくすぶっており、これまでも数々のクーデター未遂事件が起きていた。

陸軍内の方針を統一することは非常に難しく、内部で根回しをしてコンセンサスを取り付けるのは、より一層困難な仕事だった。このような状態でこの事件の収拾を図ることがいかに難しかったかは、この、互いの顔も見えないような暗い部屋で、かつてのクーデター未遂の首謀者と、参謀本部の長と、決起部隊に同情的なメンバーとが顔を合わせていることにも如実に表れている。

彼らが話し合っていたのは、とにもかくにも一番穏当に事態を収束させるためにはどうすればよいかという点であった。

石原は当初より強硬策を推《お》し進め、現に佐倉《さくら》や甲府《こうふ》から、鎮圧のための部隊を既に呼び寄せていたが、何よりも早期に事件を終わらせることが念頭にあったので、橋本が主張するように、今回の襲撃に対し、陛下に大赦《たいしゃ》をいただく代わりに、兵士たちを原隊に復帰させるのが一番穏当であろうという意見に異論はなかった。

話し合いは、暗い応接室で、密やかに、しかし熱心に続けられた。

『足』は靴選びを開始した。

虫の羽音のような、カサカサ、ブーンという明るい響きが部屋に満ちていく。

スタッフは皆ホッとした表情で、とにかく靴選びが始まったことに胸を撫で下ろしていた。

コーヒーの入った紙コップが、部屋の隅から順に送られていく。

人いきれで濁った部屋の空気が、とろりと眠気を帯びた。仮確定の作業の当番の者以外は、自然と休憩のポーズになっている。

「結構緊張したな」

「薬の時間だぜ」

マツモトがこめかみを揉《も》んでいると、アルベルトが彼の脇腹をこづいた。

「ああ、また忘れるところだった」

二人は、揃ってコーヒーで薬を喉《のど》に流し込む。

「コーヒーと薬なんて、どう考えても相性はよくないな」

「でも、どうみても、このコーヒーにはカフェインなんか入ってないよ。ただの黒いお湯だ」

狭いスペースで苦労して靴を脱ぎ、かかとを靴に載せ、「靴選び」の音に聞き入る。

「ハッカーの目的は何なんだろう。あの気味の悪い介入の仕方を見ていると、とても正気の沙汰《さた》とは思えない」

マツモトはネクタイをゆるめ、椅子の背にもたれかかった。

アルベルトはちらりとマツモトを見て、突き出た腹の上で指を組んだ。

「ねえ、こう見えても僕は脚本家志望でね。研究者としてのひらめきがなくなったら、脚本家に転向しようと思ってるんだ。聞いてくれるかい、僕がこれまでに書いた脚本で一番気に入っている話」

脈絡のない話題に面食らったが、これも気分転換になるかもしれないと、マツモトは頷いた。

アルベルトは唇を舐《な》め、話し始めた。

「舞台は現代のアメリカだ。銃の事故や銃による殺人で家族を亡くした者たちが、ある非合法組織を作るんだ。銃規制を推進する、強硬派だね。彼らはいっこうに進まない銃規制に業を煮やし、ある日ついに行動に出る。彼らは合法的に買い入れた銃で武装し、全米ライフル協会の幹部の家族と、彼らとつるむロビイストたちの家族を人質にとるんだ。銃規制法案を通さないと、家族を銃殺すると通告するんだね。ここんところが、まず、パラドックスめいてて面白いだろ？　銃を規制しないと銃殺するっていう、矛盾したアイデアが気に入ってるんだ。むろん、ライフル協会は、暴力には屈しないと宣言する。彼らの馬鹿の一つ覚えである、我々は国民が自分を守る権利のために戦うのだ、という旗を振りかざしてね。圧力団体全米ライフル協会の怒りに慌てて、ＦＢＩや軍の特殊部隊が次々と送り込まれる。この辺りは、もちろんアクション満載だな。銃規制強硬派の中には、退役軍人や、誤射で無辜《むこ》の民間人を殺してしまった元警官なんかも入れておこうか。双方の駆け引きと手の探りあいも見所の一つさ。最初は、凄腕《すごうで》スナイパーだったのに、撃つことに抵抗を持つようになってしまった主人公を設定して、社会の矛盾を突くヒューマン・ドラマというのを考えたんだけど、オリバー・ストーンみたいになるのは嫌だからね。この矛盾に満ちた世界で、今現実を語れるのはコメディだけさ。僕のこの作品は、あくまでも笑えるコメディなんだ」

「ふうん。で、結末はどうなるんだい？」

「主人公たちはいっこうに進展しない状況に腹を立てて、『おまえの親父はおまえたちよりもこれが大事なんだ』と、どんどん人質を撃ち殺しちゃうのさ。人質はむごたらしく死に絶え、主人公たちは銃で自殺する。で、結局何も変わらない。その事件をＴＶ中継で見ていた視聴者は、自分と家族を守るために、慌てて銃砲店に殺到し、ますます銃の売上げは伸びましたとさ、というところでエンド・マーク」

マツモトはあきれた。

「そいつをハリウッドで映画化するのは永遠に不可能だろうなあ。まず、スポンサーが集まりっこない。映画のタイトルはなんて言うんだい？」

「『銃はあなたの家族を守ります』」

澄ました顔で答えるアルベルトに、マツモトは苦笑した。

「――ハッカーに目的なんかないのさ。ハッキングすること自体が目的であって、ハッキングが奴の存在意義なんだから」

アルベルトは冷めた声で続けた。マツモトはハッとして彼の顔を見る。

「おもちゃのピストルを手にしたら、子供だって撃つ真似をするだろう。君だって銃を手に取ったら、何かの標的に向けて撃ってみたくなるよ。バットを握ったら振り回してみたくなるし、原爆を作ったらどこかに落としてみたくなるのさ。目的なんかない、行為そのものが目的なのさ」

アルベルトは冷めたコーヒーを飲み干した。

「なぜかは知らないけど、神は人間に好奇心という起爆剤を与えたんだ。人間が得た最大のギフトは知能じゃない、好奇心だ。好奇心、それ自体が目的となって、人間は冒険を続ける。好奇心が、理性も倫理も道徳も飲み込み、人間をそれまで見たこともない地平へと押しやる。その対象が宇宙であれ、生命であれ、歴史であれ」

見たことのない地平。マツモトは、そう口の中で呟《つぶや》いてみた。

「天国へ行くのか、地獄へ行くのか分からないが、好奇心という最強の武器の前には、タブーなんかない。地獄すらも、我々にとっては新しい地平なのかもしれないよ」

アルベルトは天井の一点を見つめていた。金色がかった緑の、不思議な色の目をしている。

「本当に、こいつも好奇心だけならばいいんだがね」

アルベルトは急に声を潜めた。

「実は、僕はもう、『王子の手』を作動させているんだ」

「え？　どれがそうなんだ？」

マツモトは慌てて身を起こし、静かに唸《うな》り声を上げている『足』に目をやった。

「それさ」

「えっ、これが？」

マツモトは、からかわれているのかと思った。

『シンデレラの足』のケーブルにちょこんと留められた銀色のものは、どう見ても目玉クリップにしか見えなかった。

「これ、ただの目玉クリップじゃないか」

「うん、目玉クリップそっくりに作ってみたんだ」

アルベルトは屈託のない表情で頷く。マツモトは、疑い深い目で彼を見た。

「まさか、冗談言ってるんじゃないだろうな」

「しっ、このことは内緒だぜ。これを使うことに関して、まだちゃんと上の許可を貰《もら》ってないんだから」

アルベルトは、しげしげとそれを眺めるマツモトを周囲から隠すように、そっと身体を動かした。

それがクリップでないことは、上の目玉の部分からかすかにモーター音のようなものが流れてくることで知れた。

「これでどうやってハッカーを突き止めるんだ？」

マツモトは声を潜めた。

「ハッカーの侵入経路を辿《たど》れたら、クリップが外れて落ちるようになっている。そうしたら、そのクリップをこれに挟む」

アルベルトは、胸ポケットからブックマッチを取り出した。いや、それはブックマッチそっくりだったが、紙に似た蓋《ふた》を開くと、中が薄い液晶のモニターになっていた。

「すると、このモニターに、ハッカーの入口が表示されるはずなんだ」

「へええ。よくできてるな、それ。なんだか懐かしいものばかり。どれも君のお手製？」

マツモトは子供のように感心した。

ブックマッチの表紙には、ポピュラーなアイリッシュ・ビールのロゴが手書きで描かれていた。彼のお気に入りの銘柄なのかもしれない。

アルベルトはにやりと笑った。

「僕は、ありふれた事務用品や、こういうちょっとしたさりげない道具が大好きなんだよ。スタンプ台や、鉛筆のキャップや、ナンバリングなんかがね。ナンバリングで打たれたかすれた数字、カーボン紙で複写されたあの青い色、封蠟《ふうろう》に押されたイニシアル——どれも痺《しび》れるね。僕は、子供の頃、図書館にある、木製の大きなカードケースが何よりもお気に入りだった。あの、書名や著者名が書かれた整理用のカードが入ってる、木製の長い引き出しを開ける瞬間、いつも全身が震えるようなエクスタシーを感じたものさ。あのカードケースを自宅に置けるようになるのが、僕の一番の夢だった」

「それはまた、ユニークな夢だね。で、実現したの？」

マツモトはくすくす笑った。

「いつのまにか、図書館はすっかりパソコンでの検索になってしまった。僕の人好きなカードケースはなくなってしまって、がっかりさ。でも、僕の部屋にはあのカードケースが置いてあるよ。図書館の備品をオークションで放出したのを競《せ》り落としたんだ。意外とファンが多かったらしくて、なかなか大変だったよ」

「へえー。でも、君だって仕事はもうパソコンだろ？　そんなカードケース、何に使ってるんだい？」

「細長いものが折らずに入るから、ロングパスタやネクタイを入れるのに使ってる。一番端は、フランスパンのバゲット入れ」

やはり変わってるなこの男は、とマツモトは思った。

「実は、僕が『王子の手』を試すのは、これが初めてじゃないんだよ」

「なんだって？」

世間話と、重要な話とを地続きで話す男だ。

「どうやら、ごく近いところからハッカーは侵入しているようなんだ」

「ええ？」

さりげなく語られた言葉の意味を、マツモトは一瞬理解しそこねた。

「ハッカーは国連内部にいる」

「嘘」

仰天《ぎょうてん》したマツモトが聞き返しても、アルベルトの横顔は、ぴくりとも動かない。

「本当だ。ハッカーは、僕たちのすぐそばにいるんだ」

野営の炎が、漁《いさ》り火《び》のように、夜の底で揺れていた。

「中隊長どの、向こうでお休みになられては」

赤い頬の兵士に話しかけられ、ずっと物思いに耽《ふけ》っていた安藤は顔を上げた。

田沼という初年兵だ。笑うと八重歯が覗《のぞ》き、子犬のような愛嬌《あいきょう》がある。

「俺は大丈夫だ。おまえたち、交替で休め」

「維新も順調に進んでおります。中隊長どのは、維新が達成できたあとも大事なお仕事をなさるのですから、今のうちに休んでおかれたほうが」

その一途《いちず》な瞳に、安藤はまた胸に鈍い痛みを覚えた。

「今日は、別の場所に移動して休むことになるだろう。このくらい、俺のことならば心配することはない。ありがとう、気持ちだけ貰っておくぞ」

兵士ははにかんだように笑うと、仲間のところに戻っていった。

いつまた、どんな異様なことが、どんな異様な形で起きるか分からないので、眠るわけにはいかない。油断していると、またあの告示のようなことが起きるかもしれないのだ。やはり最後は自分だけが頼りだ。常に目を光らせていなければ。

安藤はそう決心していたのだ。

本当に、ちゃんと歴史を再生してくれるのだろうか。俺たちは、どこへ連れていかれるのだろうか。

安藤は、灰色の空間に放り出されたような心許《こころもと》なさを感じた。胸の底にくすぶる嫌な予感が、拭《ぬぐ》っても拭っても消えてくれない。

誰かと相談したい。自分の感じている不安が根拠のないものだと確かめたい。

栗原だ。やはり栗原を探して、今のうちに会っておきたい。そういえば、あのトラック騒ぎで失念していたが、あの時も栗原に会いに行こうと考えていたんだっけ。

彼はその思いつきを思い出した。

今なら大丈夫だろう。彼は、首相官邸近くで設営していたはず。

歩き出そうとした安藤は、足元の暗がりに浮かぶ、二つの金色の目を見てぎょっとした。

また何者かが自分を見ているのかと思ったのだ。

だが、その金色の目は柔らかく足にまとわりつき、にゃあ、と弱々しい声を上げた。

「なんだ」

安藤は、それが小さな黒い猫だと気付き、安堵《あんど》した。

「あ、見ろよ、猫だぞ」

「痩《や》せてるなあ。まだほんの子猫だ」

猫を見つけた兵士たちが、退屈していたのか寄ってきた。猫は戸惑い気味だったが、にゃあにゃあ鳴いて愛想を振り撒《ま》いている。

「なつっこい猫だな」

「腹が減ってるのかもしれん」

「何かないか」

尻尾《しっぽ》に触れようとした兵士が、フギャッという猫の悲鳴で手を引っ込めた。

「あいてて、ひっかかれた」

兵士は顔をしかめ、赤い筋のついた手をせわしなく振った。

「こいつ、尻尾に怪我してるみたいだぜ」

「おまえ、怪我してるところに触ったんだよ」

「かわいそうに、尻尾に血がこびりついてら」

「猫って、干しイモ食うかな」

一人が、ポケットからイモのかけらを取り出し、目の前に差し出した。

猫はくんくんと匂いを嗅ぎ、ぱくんとイモを飲み込んだ。

「おっ、食べた食べた」

猫を囲んで歓声を上げるあどけない兵士たちを、安藤はじっと見つめていた。

さっき感じた胸の痛みは消えない。彼らを率いて罪を犯させているという罪悪感は、この胸から一生消えることはないのだ。

安藤は、そっと栗原を探しに出掛けた。

ぱちん、という小さな音を聞いて、マツモトは目を覚ました。

いつのまにか、『シンデレラの足』を前にしてうつらうつらと眠り込んでしまっていたのだ。

今の音は？

マツモトは、目をこすりこすり、まだ半分夢の世界に片足を突っ込んだまま、辺りを見回した。

見ると、隣に座っていたアルベルトが、そっと足元に落ちていた『目玉クリップ』を拾い上げているところだった。

それを見て、マツモトは意識が覚醒《かくせい》するのを感じた。

「アルベルト、それは」

「しっ」

思わず声を上げてしまったマツモトを、アルベルトが素早く制した。マツモトは反射的に口をつぐみ、部屋の中を見回す。

部屋はどんよりとした眠りの空気に沈んでいた。誰もが椅子の上で船を漕《こ》いでいる。一見起きているように見える者も、半分意識が夢の彼方《かなた》にあることは明らかだった。

アルベルトは、胸ポケットから『ブックマッチ』を取り出し、拾い上げた『目玉クリップ』を茶色の線に挟んだ。蓋を開くと、モニターが白く点滅し、赤い線のようなものが細かく枝分かれして画面の上に次々と引かれていく。

「これは？」

「ルートだ」

二人は、じっと小さな画面を注視した。

それは美しい、心惹《ひ》かれる眺めだった。葉脈に色水が染みとおっていくところを見ているような、どこまでも続くあみだくじを見ているような、単純な面白さがあった。

赤い線は、時に幾何学的に折れ曲がり、時にゆるやかに枝分かれをしながらも、どんどん白い画面を埋めていった。行き止まりになったかと思うと引き返したり、同じところでぐるぐる回ったりして、なかなかその動きは止まらない。その小さな画面からも、ハッキングが複雑な経路を経由していることが窺えた。

息を詰めて画面を見守っていると、突然、画面が真っ暗になり、赤い点が一箇所で点滅した。

「やった」

アルベルトがかすかに興奮を滲《にじ》ませた。逆探知が成功したらしい。

画面がパッと切り替わり、たくさんの文字がずらりと並んだ。何かのデータを表示しているようだ。アルベルトは目を輝かせ、そのデータを一心に読んでいた。

が、突然目から輝きが消え、凍りついたような表情になった。

「どうした」

そう声を掛けたマツモトは、ふと画面の片隅にある単語を読み取っていた。

KITANOMARUKOEN

北の丸公園。それはどこかで聞き覚えのある地名だった。はて、どこだったろう。

アルベルトは奇妙な表情でマツモトを見た。

「おい。これはどういうことだ？」

「北の丸公園って、どこだったっけ」

マツモトはアルベルトの動揺にも気付かず、無邪気に尋ねていた。

「ふざけるな。ここだよ」

「え？」

マツモトは、一瞬頭の中が真っ白になった。アルベルトの不思議な色の目が、じっとこちらを見つめている。

「ハッキングは、この軍人会館の中から行われていたんだ」

「そんな馬鹿な。だって、この軍人会館の中にいるのは」

俺と、ニックと、アリスと、ジョンと――

背筋がすうっと寒くなった。

俺たちの中にハッカーが？

「おい、正直に言え。今ならまだなんとかなる。君じゃないんだろうな？」

アルベルトの真剣な目がこちらを見据えている。

「僕を疑ってるのか？」

マツモトは愕然《がくぜん》とした。慌てて首を振り、即座に否定する。

「違う。僕じゃない。本当だ、信じてくれ」

だが、二人の間に落ちたのは、気まずい沈黙だけだった。


長い夜は少しずつ朝へと近付いていた。

誰もが未来を模索していた。手探りの、自分のための未来を。

この事件は、言わば時刻表に記載されていなかった時刻に、突然駅に滑り込んできた汽車のようなものだった。急《せ》かされて慌てて飛び乗ったものの、どこで降りたらよいのか、みんなが走る汽車の中で考えているのだ。汽車の行き先はまだ知らされていない。終点まで乗っているべきなのか、途中で降りるべきなのかも悩みの種だ。飛び降りるのなら、その場所が問題だ。危険な谷で飛び降りたり、水も食糧もない場所に降り立ったのでは、せっかく汽車に乗ったのに、元も子もない。一人で降りるべきなのか、みんなも誘うべきなのかも悩ましい。どうせ降りるのならば、きちんと乗り換えができる駅で降りなければ。なるべくなら、歩く距離は少ない方がいい。

夜の底で、じりじりと時間が過ぎていく。

宮中では、枢密院《すうみついん》会議が開かれていた。

午前二時四十分、会議で戒厳令施行が決定され、午前四時四十分、「戒厳作戦命令第一号」により、警備司令部は戒厳司令部となる。

緊急勅令

朕茲《ちんここ》ニ緊急ノ必要アリト認メ枢密顧問ノ諮詢《しじゅん》ヲ経テ帝国憲法第八条第一項ニ依リ一定ノ地域ニ戒厳令中必要ノ規定ヲ適用スルノ件ヲ裁可シ之ヲ公布セシム

御名御璽

昭和十一年二月二十七日

この勅令《ちょくれい》によって、東京市内はついに戒厳令下におかれることとなった。

東京に戒厳令が敷かれるのは、大正十二年（一九二三年）九月の関東大震災以来のことであり、この戒厳令が解かれるのは、約五ヶ月後の、七月十八日になってからである。

「なんだと？　もう一度言ってくれ」

思わず、安藤は闇の中で身を乗り出していた。

背筋がひやりとしたのは、冬の夜の冷え込みのせいだけではあるまい。第一、彼はその時まで、この二月の東京の底冷えするようなひどい寒さにも、ほとんど頓着《とんちゃく》していなかったのだ。

離れたところで、兵士たちが囲む焚《た》き火《び》がゆらゆらと蠢《うごめ》いていた。

まるで生き物のようだ、と安藤は心のどこかで考えていた。

炎とは何だろう。生き物ではないけれど、それは時として意志を持った有機物に見える。今ここで懐中連絡機が鳴り出せば、あの炎も他のものどもと同じくピタリと静止するはずだ。その時、炎に手を触れることは可能なのだろうか。手を触れた瞬間、熱いと感じるのだろうか、何も感じないのだろうか。そもそも炎に触れたということが分かるのだろうか。

安藤は、自分が、目の前の男から放たれた言葉から逃避しようとしていることに気付いていた。その言葉のあまりの重大さに、意識がそのことについて考えることを拒絶しているのだ。

「岡田を殺《や》りました」

栗原はそっけなく、しかしどこか興奮した口調でもう一度言った。

安藤は、初めて見る顔のように、当惑した面持ちでその唇を見つめていた。

女のような唇だ。なぜこの寒空に、こいつの唇はひび割れもせず、こうもぬめぬめしているのだろう。

栗原の白い顔に埋もれた暗い瞳の奥に、遠い焚き火が映し出されて、ちらちらとかすかに揺れているのが見えた。そのあまりにも小さな炎を見ていると、だんだん夢心地になってくる。

「いつ」

それでも、安藤はかすれた声で尋ねていた。

「さっき、官邸に戻って、押入れに隠れているところを撃ちました」

栗原は淡々と答える。

二人は、闇の中に溶け込むように向き合っていた。今、自分たちが会っていることを周囲に気付かれないようにするためだ。

「なぜ」

安藤は、身動《みじろ》ぎもせずに尋ねる。

「なぜ？」

栗原は、鸚鵡《おうむ》返しに呟いた。その口調には、僅《わず》かに嘲笑が含まれている。

「見て下さい、何も変わってない。この嫌らしい機械が鳴りましたか？　鳴らない。そのまま世界は続いているじゃありませんか」

栗原は胸に手を当てた。むろん、そこにあの懐中連絡機が入っていることは百も承知だ。

「安藤大尉、俺たちは騙されているのかもしれません。俺が岡田を殺っても、何も変わらないことがその証拠です」

栗原はなるべく冷静に話そうとしていたが、知らず知らずのうちに語気が荒くなっていた。頬が紅潮するのが分かる。

「俺たちは、決して過去をなぞっているのではなく、無理やりなぞらされているんです。何もしなければそのまま歴史は繰り返されると説明されたが、そうじゃない。現に、俺が岡田を射殺しても何も起こらないじゃないですか。少なくとも、ある程度は、俺たちに歴史を変える余地が残されているということだ」

ああ、ついに、と安藤は思った。

「やれますよ、安藤大尉。まだ俺たちには運がある。もう一度与えられたこの幸甚《こうじん》を、無駄にするわけにはいかない。でなきゃ、何のために俺たちはこんな役目をしょわされたんだ。こんな理不尽な――荒唐無稽《こうとうむけい》な、あまりにも信じがたい任務を」

栗原は「くっ」と吐き捨てるような声を出した。彼の興奮した瞳を見ていると、喉の奥に苦い痛みを感じる。絶命していた、鈴木侍従長の姿が脳裏に蘇《よみがえ》った。

そうだ。これは厳密な再生ではない。既に多くの事象が歴史を裏切っている。

安藤は、栗原の顔を正視していることが、ひどく耐えがたいことに思えた。自分の心の底にある欲望を、目の前の男が鏡のように映し出していることがいたたまれなかったのである。

なんとかして、歴史を自分の望む方向に動かしたい。この降って湧《わ》いた機会をもう一度生き抜きたい。そんな考えは、最初から身体のどこかで燻《くすぶ》り続けていた。それは、あの時わざと不一致に持ち込もうと宮城を目指した時から認めていたのではなかったか？　おのれの気持ちを充足させるために部下を率い、あえて史実とは異なる行動を起こしたあの時点で、既に俺はもう、この任務を果たす資格を失っていたのだ。

我々の子孫のため、日本国民の未来のため、叛乱軍の名のもとに銃殺された将校の妻として、誰にも辛苦《しんく》を訴えることなく女手一つで子供を育てていく女房のため。

少なくとも、奴らの話を聞いた時にはそう決心したはずだ。あの時だって、俺がさんざん思い悩んだあげくに重い腰を上げたのは、妹を売り木の皮を喰《く》らい、黄色い肌をした部下たちとその後ろにいる彼らの家族のためだと信じていた。

だが、それは建前に過ぎなかったのだ。

安藤は空恐ろしいような気持ちで、目の前の男の顔を見つめていた。

栗原は、まだ何かをとうとうと話し続けていた。きっと、俺を説得しようとしているのだろう。この熱っぽい目つきには見覚えがある。俺は、この男のこういうところが苦手だった。頭はいい男だ。弁は立つし、その端整な顔で理路整然と己《おのれ》の信念を語る姿に、抗《あらが》いがたい吸引力があることは否定できない。しかし、安藤には、それが時として怖くなる。どこか麻疹《はしか》にでも浮かされたような、言葉だけが上滑りしていく不安。子供の頃、祖母によく叱《しか》られたものだ。言葉に足は追いつけない。足が追いつけないような言葉を使ってはいけないのだ、と。

安藤は、そっと足の指を動かしてみる。俺の足。俺の指。確かにここにある。

あの時は、こんな不安などなかった。確固たる信念が、俺の全身を突き動かしていた。

だが、今はほんの一分先に起きることが怖くて、こうして身体を縮めている。

知らされた未来。知っているということが、どんなに人間の精神を堕落させることか。やはり、俺は知るべきではなかった。ここに戻ってくるべきではなかったのだ。

「確かに、奴らの機械にはかなりいい加減なところがある」

安藤は、苦々しげに答えていた。

「だが、根本的なところは変えられない。おまえもあの不一致は体験してるだろう。俺たちは、結局あれには逆らえない。恐らく、大きな史実に限って、違うことをすると引っ掛かるようになってるんだろう。時間を止める手段は奴らが持っていて、俺たちにはない。岡田を殺ってしまったのは仕方ないし、そうした気持ちは分からなくもない。けれど、そんな細々したところで憂さをはらしても、俺たちの維新が成功しないという結論が変わるとは思えない」

栗原は意外そうな顔になった。

「こいつは驚いた。あなたは、あれほど強硬に最後まで維新の遂行を主張していたじゃないですか。どうしたことだ。奴らに骨抜きにされちまったんですか」

栗原はすいと顔を背《そむ》け、そこらに小さく円を描いて歩き回った。

「俺は、ずっと考えていたんです。なぜ俺たちにこんな機会が与えられたのかって」

それは俺も同じだ、と安藤は心の中で呟いた。こんな立場になったら、誰だって考えずにはいられない。

「ねえ、安藤大尉。あいつらの言うことは本当だと思いますか？」

「え？」

急に栗原が振り返ったので、安藤は面食らった。用心しながら聞き返す。

「というと？」

「奴らに聞かされたこの先の世界ですよ」

心臓を冷たい手で撫でられたような気分になる。

本当にこいつは、と、安藤は、後ろで手を組んでこちらを見ている男に忌々《いまいま》しさすら覚えた。俺があえて考えないようにしていたことを、次々と口に出しやがる。

「確かに奴らが未来から来たということは認めましょう。あれだけの技術、あれだけの映像や資料は、決して俺たちの時代では手に入れることができないものだ。だが、逆に、あれだけの技術があれば、俺たちを欺《あざむ》くことも可能じゃないですか？」

栗原は囁《ささや》くような声を出した。こちらの迷いをついてくる、狡猾《こうかつ》な囁き。

「何が言いたい」

安藤は、ついつい苛立《いらだ》ちを覗かせてしまう。

「本当に、俺たちは負けるんでしょうか？」

「なんだと」

栗原の大胆な発言に、安藤は戦慄《せんりつ》した。この先、この男が何を言い出すのかが恐ろしかった。しかし、栗原の発言は、彼の心の声でもあった。恐ろしくても、聞かずにはいられない。

「俺たちは昭和維新に失敗し、処刑される。そのあとどうなったかは、奴らに聞かされた話でしか知らない。俺たちは、世界の人間を助けるために、もう一度この四日間をやり直すしか聞かされていない。この四日間が、歴史の転換点として選ばれたのだと」

安藤は、あの暗くて広い部屋を思い出した。

足元からは、白い光が鈍く放たれていた。

気が付くと彼はそこにいたのだ。

周りには、洋服を着たさまざまな国籍の人間がずらりと座っていた。壁いっぱいに巨大な画面が並んでいて、次々と鮮明な映像が映し出された時には度肝《どぎも》を抜かれたものだ。あまりの臨場感に、無意識のうちに銃を抜こうとしたほどだった。

「もしかすると、本当にあのあとで起きたのは、奴らの意にそぐわない歴史であって、俺たちを欺いて奴らの望む歴史にしようとしているとは考えられませんか？　時間を遡《さかのぼ》ったために、世界中の人間が被害を受けているというのは嘘なんじゃないか？　実際に奴らがこうして俺たちに接触してきているんだから、時間を遡る方法が見つかったというのは本当でしょう。だが、奴らの言う未来が、本当に奴らの言う通りであるという保証はどこにある？　奴らはこれが二度目だと言うが、この俺たちの行為自体が実は『最初の』歴史への改変行為じゃないと誰が言えます？」

腹立たしさを覚えながらも、栗原の指摘はそれぞれ至極もっともに思えた。

どれもこれも、俺が心の底で一度は考えた疑問ばかりだ。そして、そのどれもが甘美な誘惑を持って迫ってくる疑問だ。悲惨で屈辱的な出来事を繰り返すよりは、別の結末がある、誰かの陰謀があると考えた方がどんなに楽か分からない。自分の知らない未知の選択肢があるという可能性の方が、どんなに輝いて見えることか。

しかし、安藤の本能は、悲惨で屈辱的な現実の方が真実であると告げていた。真実は、いつも冷たくむごいものである。そして、残念なことに、そういう冷たくてむごいものだからこそ真実なのだ。口当たりのよい、思わずすがりつきたくなるような選択肢が、結果としてろくなものにならないことは経験から悟っていた。

（だが）

心のどこかで、聞いたことのある声が囁く。

（今回は分からないではないか。今自分の身に起こっていることを考えてみろ。こんなことが自分の人生に起こるなどと、誰が予想できただろうか？）

真実は氷の壁に似ていると思う。透き通っていて普段は見えないけれど、時々不用意に手を触れてしまい、そのあまりの冷たさ、硬さに驚くのだ。けれど、氷の壁は、日の光を浴びて輝く。自分の子供を手に抱いた瞬間や、妻や部下の笑みに幸福を感じる瞬間。これもまた真実というものなのだと実感する。

（その真実が、まれに見せる僥倖《ぎょうこう》かもしれないではないか）

俺は、もう一度生きたいのだ。

突き詰めていくと、自分の本音はそれだった。誰かを救いたいのではない、自分を救いたいのだ。それは目の前の男も同じだ。不本意に終わった生に、自分で意味を見つけたい。そう考えるのは当然だと思う。

「安藤大尉、また六時間後にここで会いましょう」

急に醒めた声になった栗原が言う。

「考えてみて下さい。俺たち二人が組めば、何かできるはずです。まだ陛下の命令は出ていない。俺たちが逆賊になる前に、何か手を打てるはず」

「——分かった」

少しためらってから、安藤は頷いた。とにかく、栗原と話をすることは自分にとって有益なことには違いない。時々、これは自分の妄想なのではないかと不安になる。同じ立場にいる者と話をするのは、ともすれば均衡を欠いて暗いところへ落ち込んでいきそうになる精神を、この世に繋ぎ止めるためには有効だろう。

「それにしても、こちらから奴らに連絡を取れないというのは不便だな。あの不一致というやつは、えらく身体に応《こた》える。早めに教えてもらえればありがたいし、どの程度の違いまで許されるのか確認できればもっといいんだが」

安藤が独り言のように呟くと、栗原はピクリと頰を強張《こわば》らせた。

その様子に、漠然とした不安を感じる。

「なんだ？」

「いや。奴らは今、この世界のどこかにいるんですよね？　そう遠くはないこの界隈《かいわい》に拠点を構えているはずだ。無数のカメラが設置してあると聞いた。今、俺たち二人が一緒にいるところまでは見られていないと思いますが」

栗原はきょろきょろと周囲を見回してから、じっと考え込んだ。

この男が黙り込んで何かを考えているのを見ていると、なぜか落ち着かない気分になるな。安藤は、彼の白い頬を見ながら考えた。栗原は、スッと顔を上げる。

「その拠点を探すのも悪くないですね。まだ少し時間がある。奴らがどこにいるか分かっていれば、いざという時は」

栗原は言いかけて唐突に言葉を切った。

「いざという時は？」

安藤は、更に不安に駆られて尋ねた。

栗原は小さく首を振る。

「いや、なんでもありません。場所さえ分かっていれば、少しは安心できますから」

その返事を聞きながら、安藤は、栗原が先に呑《の》み込んだ答は別のものであったと確信していた。そして、その内容が、口にするのも憚《はばか》られるような不穏な内容であったことも。


次第に夜明けが近付いてきた。

しかし、曇天のせいか、まだ外は真っ暗だ。あまり朝が近いという実感がない。

どんよりとした薄暗い部屋のそこここで、眠っていたスタッフが身体を起こし始めた。

狭い部屋で大勢の人間が寝起きしているので、空気の濁り方も尋常ではない。空気清浄機が幾つか置いてあるが、電力は極力確定関係の機材に回されるので、その効果は今一つだった。

『シンデレラの足』は快調に唸り声を上げて仕事を続けていた。

堂々たる体軀《たいく》を岩のように窓辺に寄せて、ジョンがじっと外を見下ろしている。

「よし、始まるぞ」

彼が低く呟いたのを聞きつけ、ニックが近寄ってきた。

「何が？」

「戒厳司令部の準備だよ」

うっすらと白んだ屋外で、足早に荷物を運んでくる兵士たちの姿が見える。書類や銃器の詰まった箱を手に、ぞろぞろと男たちが移動してくるのが見えた。

彼らが潜むこの軍人会館の下のフロアが、司令部になるのだ。

「我々がここにいるのがバレたりしませんよね」

ニックは思わず弱気な声になった。

「うむ。一応シールドは張ってあるし、防音・遮光には気を遣っているが用心するにこしたことはあるまい。なにしろこの大所帯だからな」

昨夜のうちに、分厚い暗幕も用意されていた。万が一にも、誰かにこの場所の存在を感づかれるわけにはいかない。

「マツモトはどこだ」

　ジョンはぎろりと部屋の中を見回す。無言で活動を始めた多国籍編成のスタッフの中に、見慣れた日本人の姿はない。

「ゆうべは、あの変人の技師と一緒に長いこと話しこんでいましたっけね」

「変人どうし気が合うというわけか。アルベルトが研究者として天才肌なのは認めるが、いかんせん興味の矛先《ほこさき》が仕事以外のところに向きがちなのが難点だな。マツモトは、いい歳をしてまだ夢見る少年だし」

　二人はぶつぶつ文句を言いながら、部屋の中を探し始めた。機械に挟まれるようにして寝袋に入っているスタッフがいるし、スニッカーズの包み紙、カップ麺《めん》のカラとプラスチックのフォークが床に散乱している。ジョンは思わず悪態をついた。

「全く、こいつら、中学生じゃあるまいし。ただでさえ劣悪な環境なのに、ゴミだらけだ。昭和初期にこんな化学物質の塊のゴミを散らかす危険に、全く配慮しとらん」

「マツモト！」

　ニックが小さく叫ぶと、どこか近くで呻《うめ》き声のようなものが聞こえた。

「マツモト、アルベルト。おい、どこだ。さっさと起きろ。戒厳司令部が来たぞ。傍受の支度をせにゃならん」

「アイアイサー」

「うわ」

ニックは、足元から声が聞こえてきたので、思わず後退《あとずさ》りをした。

ジョンと二人で見下ろすと、『シンデレラの靴』が載った机の下から、寝袋に入った二人が、並んで赤い目でこちらを見上げている。

「あーびっくりした。まともに顔を踏んづけるところだったぜ」

ニックは青ざめた顔で胸を撫で下ろした。ジョンは目を丸くして二人の顔を見下ろしている。

「よくそんな狭いところに入れたな」

「今出ます。そこをどいてください」

憔悴《しょうすい》した顔でマツモトはそう呟き、もそもそと身体をねじりながら苦労して外に出てきた。

「やれやれ。ウナギになった夢を見たよ。もう少しで料理人に捌《さば》かれるところだった」

「そうかい、僕は宇宙飛行士になった夢だったぜ」

その隣のアルベルトは、大きく欠伸《あくび》をしてから、身体を器用に引っくり返してうつぶせになり、匍匐《ほふく》前進よろしく机の下から這《は》い出してきた。

「俺はベトナムの死体袋を思い出したね。頼む、狭いのは分かるが、今度は休憩所で眠ってくれ。さあ、作業の準備だ」

ジョンは憮然とした顔で腕組みをした。

「なるほど、もうすぐ五時か。戒厳作戦命令の第一号が出た頃だ」

マツモトは、目をしょぼしょぼさせながら、再生時間の時計を見て呟いた。

「戒厳作戦命令？」

アルベルトが目やにを取りながら尋ねる。

「うん。日本で戒厳令が制定されたのは、明治時代のことでね。帝国憲法で、国民は郵便や電報など、個人の通信内容を他人に知られることはない、つまりプライバシーを保障されているわけなんだが、戒厳令下ではこの限りではないと定められている。つまり、戒厳令を敷かれた今、軍が郵便を開けるのも、盗聴をするのも可能になったのさ。これから戒厳司令部は、この近隣の電話の盗聴を開始するはずだ」

「なるほど」

「我々も、戒厳司令部から情報を得られるようになる。そうすれば、こうして外に出ることができなくても、ちょっとは外で何が起きているか分かるようになるってことさ」

「外か」

アルベルトは、窓に目をやった。まだ暗いが、うっすらとどこかが白み始めている。

「何が起きてるんだろう。外に立って、ミカドが嗅いでいる雪の匂いを一緒に嗅げたら素敵だろうな」

「おまえが言うと冗談に聞こえないから恐ろしい。頼むから、シールドを破って外に出たりするんじゃないぞ。シールドが修復できる保証は全くないんだからな」

ジョンが夢心地のアルベルトを睨《にら》んだ。アルベルトは肩をすくめると、いじましく前屈《まえかが》みになって答えた。

「そんなことはしませんよ」

彼は小さく呟いた。

「僕が現在興味を持っているのは、この部屋の中で起きてることですからね」


ハッカーがいる。この部屋の中に。

マツモトは、作業をするニックの横顔にさりげなく目をやった。

アルベルトは、まだ俺のことを疑っているのだろうか？　ちらっとアルベルトを見ると、彼は何食わぬ顔で、あちこちのケーブルに『目玉クリップ』をくっつけて歩いているところだった。

アリスが欠伸をしながらモニターの画面に向かっている。いつも一本の乱れもなくまとめている後れ毛が、珍しくくしゃくしゃになっていた。さすがの彼女も疲れているらしい。数時間前。「北の丸公園」の文字を見て、暫《しばら》く凍りついたようになっていたマツモトは、おずおずと口を開いた。

「ジョンに報告すべきだろうか？」

アルベルトはサッと懐疑的な顔になった。

「ジョンがハッカーだったらどうする？」

「まさか、ジョンが。彼は責任者だぜ」

「責任者はプレッシャーが大きいものだし、求められる人格と実際の人格の間で歪《ゆが》みが生じやすいものなんだ。僕は、ジョンがハッカーだったとしてもちっとも驚かない」

「じゃあ、どうすればいいんだ。一緒に仕事をしているメンバーの中に、あんなおぞましい悪戯《いたずら》をする人間が交じってるなんて、とても仕事をする気になれないよ」

　マツモトは泣き声を出した。

「本当に君じゃないんだろうな？」

　アルベルトは、あくまで懐疑的な態度を崩さない。

「誓って俺じゃない。と言っても、証明する手立ては何もないけど」

「ふうむ。もしも君がハッカーだったとする。でもこうして僕がハッカーがここにいると発見したからには、なかなか君もハッキングする機会を見つけることはできまい。そういう観点からすると、ジョンにハッカーの件を報告するのもなかなかいい方法かもしれない。もし彼がハッカーだとすれば、僕たちが、ハッカーが近いところにいると気付いていると告げることで、彼の動きを牽制することができるからね。なるほど、それもありだな」

　アルベルトは一人で頷いている。

「だけど、とりあえず今は言うのをやめておこう。僕が断りもなしに『王子の手』を使ったことを咎《とが》められるのはごめんだし、こんな難しい綱渡りみたいな作業をしている人勢のスタッフの間に疑心暗鬼を生むのは得策じゃない。いいね？」

アルベルトは、あの不思議な色をした目でじっとマツモトを見た。思わず頷いてしまう。

「分かったよ。俺はもうじゅうぶん疑心暗鬼に陥《おちい》ってるけどね」

「たとえプロパーのメンバーにハッカーがいたとしても」

アルベルトは、マツモトのぼやきに構わず続けた。

「こんなに大勢のスタッフがいたのでは、なかなか次の悪戯はできないだろう。それに、こうしてここに『シンデレラの足』も来てしまってることだし。相当に狡猾な犯人のことだ、お遊びの時間は終わったと判断しているかもしれない」

「そうであることを祈るよ」

お遊びの時間は終わった。本当にそうだろうか？

マツモトは薬を飲みながら、ぼんやりと部屋を見回した。

誰があんなことをしているのだろう。プロジェクトに関わる人間ならば、我々がのっぴきならぬ状況にあることを知っているはずだ。お遊びなどしている時間は残されていない。だが、非日常が日常になり、その日その日を極限状態の中で過ごしていると、だんだん危機に対する感覚が麻痺《まひ》してくる。人間は、どんなことにも慣れてしまうものなのだ。のっぴきならぬ状況だからこそ、反動で悪戯をしたくなるのかもしれない。

二日目の夜が明けようとしている。

徐々に夜の底がうっすらと白んできた。

まだ二日目。たったの二日目。このままうまくいってくれればいいのだが。

——それでですね、今日の葬儀なんですけれども、まあ、事情がアレなものですから。ビックリするとは思うんですけれども。あの、撃たれて、切られたりもしているものですから。

——ハア。

——ご親族の目から見ても、やはり、気持ちはよくないと思うんですね。

——はい。そんなにひどいんですか。

——いえ、その。そんなにひどくはないんですが。やっぱりね。心の準備というかね。見て、びっくりされたのでは、その、亡くなられた方も、ね。

——はい。

——ですから、ごらんになっても驚かないようにと。いつもどおり落ち着いてですね、式に臨んでいただきたいんですね。そのように、皆様にお伝えいただければと。

——ハア。承知しました。心を強く持って。

——ええ、ええ、そうですね。心を強く持って、キチンとした葬儀を進めてもらいたいんですね。そこのところをくれぐれもよくお伝えいただきたいと。

——はい。承知しました。

（ガッチャーン）

――アノ、今日の葬儀なんですけれどね。まあ、年寄りがいるものですから。寒いですし。急なものでしたしね、気を付けていただきたいと。

――はい。まだ官邸の方は、その、大勢いらっしゃるんですか。

――ええ、大勢いらっしゃいます。

――ああ、そうですか。なるほど。

――ええ。ですから、年寄りがね。具合の悪いのがいるもんですから、介抱する者が入り用になるかもしれません。本郷《ほんごう》の方にね、伝えてほしいんですよ。

――ああ、はい、本郷ですね。一人ですかね、それとも二人ですか。

――ソノ、二人だったらありがたいですと。

――ああ、二人ですね。

――まあ、官邸は寒いのでね。できれば、あたたかい上着とか、外套《がいとう》とか。

――ああ、そうですね。官邸はね。皆さん、あたたかいモノはお持ちなんですか。

――はい、皆さん、あたたかいモノはお持ちです。ですから年寄りの分だけお持ちいただければと。

――本郷の方は、何かご伝言でも。

――ええ、ご親切に。年寄りがね、一人伺いますと。できれば離れでね、流感に罹《かか》っておるものですから、離れへね。皆さんにうつしては申し訳ないのでね。

——ハイ。

——宜《よろ》しくお願いしたいと。

——ハイ。伝えます。あなたも風邪には気を付けて。

——ありがとうございます。それでは。

——それでは。

（ガッチャーン）


——病人の具合はいかがですか。お薬を用意しますが。

——ああ、ハイ。ありがとうございます。もうすぐ連れていけると思います。

——病人には、今朝、お会いになったんですか。

——いいえ、ゆうべはちょっとついていられなかったんですけれどもね、熱を出してるのは確かなものですから。

——ああ、熱があったんですか。

——ええ、早く、連れていきたいんですけれども。

——ハア、分かりました。

——なるべく早くお薬をお願いします。

——ハイ、なるべく早く用意します。

（ガッチャーン）

「これは？」

みんなでスピーカーから流れ出してくるざらざらした声に耳を澄ませながら、ニックがマツモトを見た。マツモトもニックを見て頷く。

「これは、岡田首相の秘書官ですね。彼は、首相の生存を知ってるらしい。しかも、彼は既に盗聴を警戒している。戒厳令ってものがどういうものか、さすがによく分かってる」

「うむ。実際、これを戒厳司令部でも聞いてるわけだからな」

ジョンが呟いた。

「ええ、全部録音してるはずです」

「恐ろしい」

「さっきから『年寄り』とか『病人』とか言っているのは、岡田首相本人のことでしょう。『薬』というのは車のことだと思います。最初に喋《しゃべ》っていた相手は、首相の親族でしょう。葬儀で棺桶《かんおけ》に入ってるのは、首相の義理の弟ですからね。親族がそれを見たら仰天するはずです。暗に口止めしてるわけですよ、葬儀で首相本人でないと気付いても、決して口外したりびっくりしちゃいけないと」

「なるほどね。そりゃ、驚くよな。別人が目の前に横たわってるんだから」

「ええ。それこそ、年寄りなんか卒倒しかねません。秘書官はそれを心配してるんですよ。

あとの方の電話は、首相のかくまい先を手配してるんでしょう。『官邸に大勢いる』のは叛乱軍。『あたたかいモノ』は武器だと思います。確か、首相は、この先どこかのお寺にかくまわれるんじゃなかったかな」

「随分と婉曲《えんきょく》な物言いをしてるな」

「それだけ盗聴を警戒してるんでしょう」

次々と電話から声が流れてくる。この時代の人々の会話は、スピードの速い現代の会話に比べると、なんとなくのんびりしていて優雅に感じる。どことなく芝居の台詞《せりふ》じみているというか、間が長いのだ。言葉遣いも独特で、現代にもましてこそあど言葉のオンパレードだ。物事をズバリとは言わない。この奇妙な感じをどう説明すればよいのだろう。同じ日本人なのに、この乖離《かいり》した感じはなんだろう。

また余計なことを考えているのに気付き、マツモトは慌てて耳に意識を集中させた。

——あのう、どうですか。お宅のご近所は。

——え？

——お宅のご近所の具合は。

——あの、お宅様はどちらの？

——ああ、私はですね、東京門灯です。

——は。東京門灯。

――ええ。あのね、だいぶね、形勢が怪しいようなことを聞きましたからね。

――はい。

――その、実際のところ、いかがですか。

――兵隊さんはね、今もいっぱい来てますね。

――ははは、そうですか。大変ですね。ええと、門灯に故障がありましたらね、ひとつすぐに電話を掛けてください。

――はい。

――どんな用事もすぐにやりますから。

――はい。

――どうですか、もう外に出られそうなんでしょうか。部品の交換をね、しないとね。

――イヤ、チョットそれは。

――もう交換しないといけないですよ、寿命来てますからね。

――ええ、それは承知してるんですけれども。

――まだ果てしがないと。

――ええ。

――見当はつきませんか。

――はい。わかりませんでございますね。

――そうですか。分かりました。特にお変わりは。

――ええ、変わりはありません。

――分かりました。やあ、どうもありがとうございました。

（ガッチャーン）

「ふうむ」

ジョンが唸った。マツモトは、みんなで息を呑んで電話の声に聞き入っていることに、密かな興奮を覚えた。昭和初期の日本人の声。それを今、自分たちは耳にしている。そして、今どこかでも、同じく誰かがじっとこの声に耳を澄ませているのだ。

「これは、どこかの諜報《ちょうほう》部員だな。プロの匂いがする。『門灯』が何を示すのかは分からんが、工事を符牒《ふちょう》に使うのは、彼らの常套《じょうとう》手段だ」

「でも、受けてる方はなんだか話が分かってない様子じゃないですか」

「受けてる本人じゃなくて、家族がそうなのかもしれない」

「いやはや、魑魅魍魎《ちみもうりょう》の世界だね」

みんな後ろめたそうな顔をしているが、そのくせ目は輝いていた。

そうなのだ、とマツモトは思った。

こうして、会えるはずのない、聞くことのできるはずのない人々に会い、声を聞く。この瞬間の興奮は、一度味わってしまうと、決して忘れることはできない。書物の中の出来事、文字で書かれていた出来事を、リアルタイムで経験することができるのだ。それが、興味深い体験でないはずがない。これまでのプレッシャーや苦労も忘れ、彼らは嬉々《きき》として声に聞き入っていた。この興奮。感動。呪われた災厄を人類にもたらした時間の遡行《そこう》技術だが、同時にそれが人類にとって禁断の果実であることを、マツモトは身をもって感じていた。

果たして、このプロジェクトが成功したとしても、我々はこの果実を捨てることができるのだろうか?

そんな疑問が心をかすめたが、その答も同時に知っていた。

もちろん否、だ。

好奇心、それが人類に与えられたギフトだ。アルベルトの声が脳裏に蘇った。

我々は過《あやま》ちを繰り返し続けるだろう。地獄すらもが我々の新しい地平なのだから。

——鈴木さんのお宅でいらっしゃいますか。

——ハイ、鈴木でございます。

——あの。ご主人はお戻りで?

——いえ、まだ宅《たく》は帰ってきておりませんが。

——あら、そうでございますか。へんね。

——あの、何か?

——いえね、ご主人にお伝えしたいことがございましてね。

——なんでしたら、申し伝えいたしますが。

――いえ、またかけます。
――そうですか。
（ガッチャーン）

女の声は新鮮だった。まるで、新劇の女優の声のよう。こんなふうな粋《いき》な声は、なかなか耳にできるものではない。特にこういう東京の山の手言葉は、昔の映画を見ているような奇妙な感慨を覚えた。アリスも、楽しんでいるのではないか？　彼女はクロサワとオヅの映画の熱狂的なファンなのだから。マツモトは、図らずもうっとりしている自分に気付き、いけないいけないと戒《いまし》めた。

何十年もの過去の声。しかし、今現在生み出されている声。
声は、聞き飽きなかった。次々と耳に飛び込んでくる会話。無邪気なゴシップあり、真剣に世を嘆く会話あり。盗聴マニアの気持ちが分かるような気がした。ささやかで、パーソナルな日常を耳にすることが、こんなにも面白いものだったとは。しかも、史実に残る重要な一日の一場面なのだ。今この東京に生きる人たちが、この重要さをどれだけ理解していたことだろう。ようやくクーデターが起きたことを知ったとしても、同時に新聞やラジオを始め、マスコミには完全に報道管制が敷かれている。まだ東京市民は僅かな情報しか知らされていないのだ。ましてや、今この軍人会館に、時代を隔てた二つの集団が、耳を澄ませていることなど、この先も決して知ることはない。

実際、電話から流れてくる人々の情報は、ひどく混乱していた。誰もが叛乱軍の内訳や、現在の所在を知りたがっていた。叛乱軍に合流したがっている者、どさくさに紛れて商売をしようとする者など、思惑はさまざまである。

——鈴木さんのお宅でいらっしゃいますか。
——ハイ、鈴木でございます。
——あの。ご主人はお戻りで？
——いえ、まだ宅は帰ってきておりませんが。
——あら、そうでございますか。へんね。
——あの、何か？
——いえね、ご主人にお伝えしたいことがございましてね。

みんなが「うん？」という表情になった。聞き覚えのある声だ。さっきの山の手風の二人の女の声だった。

——なんでしたら、申し伝えいたしますが。
——いえ、またかけます。
——そうですか。

（ガッチャーン）

その時、違和感を覚えたが、それがなんだか分からなかった。誰もがなんとなく怪訝《けげん》そうな顔をしていたが、次の電話に聞き入る。

だが、暫くすると、またその聞き覚えのある声が耳に飛び込んできて、マツモトはぎくっとした。

——鈴木さんのお宅でいらっしゃいますか。

——ハイ、鈴木でございます。

——あの、ご主人はお戻りで？

——いえ、まだ宅は帰ってきておりませんが。

——あら、そうでございますか。へんね。

今度は、皆はっきりと顔を見合わせた。

何かが変だ。

何度も同じ家に掛けているのに、どちらもまるで初めてみたいな声を出している。いや、はっきり言って、全く同じ会話が何度も繰り返されているのだ。

「どうしたんだ？」

「まさか、これ、録音されたものを再生してるってことはないだろうな？」

「そんなはずはありませんよ。これはリアルタイムの盗聴なんですから」

みんなの顔が、ふっと白っぽくなったような気がした。それは、誰もが同時に恐怖を感じたからだと気付いた。

これは。

マツモトは、背筋が粟立《あわだ》つのを感じた。声はますますはっきりと、彼らの耳に飛び込んできた。


——いえ、まだ宅は帰ってきておりませんが。

——あら、そうでございますか。へんね。

——いえ、まだ宅は帰ってきておりませんが。

——あら、そうでございますか。へんね。へんね。**ホラ、変でしょう？**


いつのまにか、その声は、マツモトたちに向けて話し掛けていた。

誰もが硬直したように動かない。

マツモトは、ジョンが大きく目を見開いているのを、珍しいもののように眺めている自分に気が付いた。笑っているように見えるのは、唇がひきつって何かを言おうとしているせいらしい。

――ウフフフ、ご注意遊ばせ。ご主人にお伝えしたいことがございましてね。

――なんでしたら、申し伝えいたしますが。

――あら、じゃあ、お願いできますかしら。**オイ、おまえら、聞いてるんだろぉぉお。**気を付けな。この帝都にはあ、昭和維新の邪魔をする不逞《ふてい》の輩《やから》がたくさんた・く・さ・んいるんだよおお。スパイも大勢この近くにいるんだよぉぉ。遠いところから来て、我が帝都を混乱させようと狙《ねら》っているんだぞおおお。近くを探すんだ。近くだ。奴らは、秘密の武器をたくさんた・く・さ・ん持っている。奴らは、今も、冷たい目と耳で帝都を乗っ取る準備をしているんだよおお。**探せ、探すんだ。オイ、聞いてるかああ**？

女の声は、やがて野太い獣のような咆哮《ほうこう》に変わり、「ああああ」と何かを吐き出すような声が長く尾を引いてスピーカーから流れ続け、唐突にぷつんと消えた。

誰も動くことができなかった。

その凶暴な声の響きに。そのあまりにも悪意に満ちた響きのために。

重く垂れ込めていた雲が、久しぶりに少し割れて、かすかな青空が覗いていた。

あちこちに残っている雪に、ほのかに光が当たっている。

だが、迫水久常《さこみずひさつね》秘書官は、雪も青空も目に入らなかった。

彼は喪服に身を包み、落ち着かない表情で首相官邸の裏門近くに立ち、しきりに周囲を窺《うかが》っていた。

と、道の向こうから黒塗りの車がゆっくりとやってくるのが見え、安堵と緊張とが同時に込み上げてくるのを実感した。思わずゴクリと唾《つば》を飲み込む。

いよいよだ。この機会を逃せば、首相を救出する手段はない。下手《へた》をすれば、自分たちも叛乱軍に殺されてしまう。

そう考えると、胃の辺りがぎゅうっと締め付けられるような気がした。

昨日の朝のことは、もう遥《はる》か昔のことに思える。

早朝の、あっという間の出来事だった。

官邸の隣に、福田・迫水両秘書官の官舎があるのだが、外が騒がしいと思ったら、もう突入されていた。物騒な世相を警戒して、官邸付きの警官を増やしたばかりだったのに、まさか武装した数百名もの兵士が襲撃してくるとは思いもよらなかったのだ。外に出ようとした秘書官は、取り囲んだ兵士に押し戻され、蟄居《ちっきょ》を余儀なくされていた。

闇を切り裂く銃声に、連呼される万歳。

その声を聞いて、首相がやられたと直感して、膝《ひざ》から力が抜けてしまった。あまりのことに呆然《ぼうぜん》とし、暗澹《あんたん》たる思いでいた二人の秘書官だが、予期せぬ僥倖《ぎょうこう》があったのだ。

叛乱軍の許可を得て首相の死を確認しに、昨日のうちに官邸に入った彼らは、岡田首相の生存を確認していたのである。

　実際に殺されたのは、首相の義弟、松尾伝蔵《まつおでんぞう》であることも承知している。首相の私生活の世話をしていた女中たちは、ご遺体を守るという名目で、本物の首相を匿《かくま》っているはずだ。もちろん、このことは極秘であり、表向きには死亡したことになっている。

　どうやって首相を連れ出すか悩んだ末に、彼らは、首相と同年輩の男性を中心に、十数名の弔問客を呼んだ。数人の憲兵にも協力してもらい、弔問客に紛れて首相を女中部屋から連れ出す計画である。伝蔵の遺体には、顔が判別できないように布をかぶせてあった。

　一様に険《けわ》しい表情で、足取りも重く、弔問客たちがぞろぞろと歩いてきた。

　辺りをうろうろしている叛乱軍の位置を確認しながら、迫水は弔問客に繰り返し注意事項を告げた。

　勝手な行動は取らないこと。声を出さないこと。お棺が置いてある部屋の敷居を越えないこと。静かに、ゆっくりと焼香を済ませること。

　弔問客には何も知らされていない。彼らは、これが憲兵からの指示だと思っているだろうが、実際のところは、救出作戦をスムーズに行うための布石だった。遺体が首相でないことが弔問客にバレて、騒がれたら大変なことになるし、本物の首相が出て行くところを見咎められてもまずい。「ゆっくり焼香を」と念を押したのは、首相を連れ出す時間を少しでも長く稼ぐためだった。

　うまくいけばいいのだが。

次々と官邸に入っていく客たちに続き、迫水は中に入った。入る直前、ちらりと裏門を振り返る。そこには、すぐに発車できるよう運転手に車を待機させてあった。かすかに運転手が頷いたような気がする。

官邸の中は、息苦しい沈黙に満ちていた。

「弔問客が通ります」と兵士たちに断り、しずしずと遺体の安置されている奥の間に進む。

客たちは伏し目がちに、無言で焼香を済ませてゆく。

厳《おごそ》かに焼香が続くのを確かめてから、迫水は女中部屋へ急いだ。

叛乱軍は？　見られてないな？

なるべく足音を立てないように注意しながら、迫水は女中部屋に外から声を掛けた。

今にも「そこで何をしている」と叫ぶ声が背後から聞こえるのではないかと気が気ではない。

「準備はできたか」と部屋に入った迫水は、異様な表情で立ち尽くす女中と、やはり呆然と棒立ちになっている憲兵に出くわした。

「何をしている、急げ」

「そ、それが」

目の下に隈《くま》を作り、真っ青な顔をした女中がかすれた声で迫水の顔を見た。

彼女の視線の先には、開いた押入れの敷居を跨《また》ぐようにして、毛布を掛けられた動かぬ影があった。

「まさか」

迫水の背中を冷たい衝撃が走りぬける。

「申し訳ございませんっ」

女中が悲鳴のように叫んで、崩れ落ちるようにその場に土下座した。

「ゆうべ――ゆうべ、遅くに兵隊さんが来て――」

女中は、床に頭をこすりつけるようにして嗚咽《おえつ》する。

「バレていたのか」

迫水は独り言のように呟いた。今度こそ、全身から力が抜けていく。

それでも、もしかしたらと思い、近付いていくとそっと毛布をめくった。

が、そこにいるのは正真正銘、本物の岡田首相であった。額を一発で撃たれている。即死であったようなのが、せめてもの救いだった。苦しむことはなかったろう。

迫水は合掌しながらも、苦いものが喉に込み上げてくるのを感じた。

もう少し早く手を打てていれば。昨日のうちに助け出せていれば。せっかくの僥倖を、むざむざ逃してしまったのだ。首相のそばで寝起きをし、髭《ひげ》の剃《そ》り方まで似せていた義弟の死まで無駄にしてしまった。

「顔を上げろ。おまえのせいではない。おまえは、ここに残ってよくやってくれた。で、撃った兵士の顔を覚えているか？」

「は、はい」

ぐしゃぐしゃになった顔をのろのろと上げ、女は嗚咽をこらえて懸命に話をしようと努力した。

「あ、あの人です。みんなに通行許可を出している、女みたいな顔をした、色白の」

栗原中尉か。彼なら一発で射殺するのも可能だろう。

迫水は、すらりとした青年将校の顔を思い浮かべた。

それにしても、いつ知ったのだろう。知っていたのなら、なぜ夜中まで待ったのだ？　わざわざこっそり夜中に撃ちに来るよりも、みんなの前に引きずり出して殺した方が意気が揚がるはず。俺の知っている栗原中尉なら、そうすると思うのだが。

が、次の瞬間、迫水はあることに気付いてゾッとした。

ならば、彼は、この茶番劇の正体を知っているのだ。俺たちが、殺されたのは首相の義弟だと分かってこの弔問を行ったことも知っていて、どこからかなりゆきを見守っているのだ。

「ご遺体をどうします？」

憲兵がそっと迫水に囁いた。

「連れ出してさしあげたいが、こんな状況では」

迫水は力なく答えた。

とにかく、撃たれたままの状態だった首相の身体を押入れから出し、まっすぐに安置する。

既に死後硬直が進んでいた。

「弔問客の方は？」

「このまま帰すより仕方がないでしょう。おい、おまえももうこれで帰りなさい」

迫水は、まだ嗚咽している女中に振り向いた。泣きながら、女は左右に首を振る。

「あたしはここに残ります。先生の亡骸《なきがら》を、ここで守っています」

奇《く》しくも、叛乱軍を欺くための最初の言い訳が、そのまま目的になってしまった。

彼女の気持ちを思うと無理に帰宅もさせられず、迫水は「分かった。好きにしなさい」とだけ言って、憲兵と外に出た。このことを陛下に報告しなければならないと思うと気が重い。陛下には、迅速に首相を安全圏に連れ出すようにと指示されていたのだ。

焼香も終わる頃だった。何も知らない弔問客たちは、神妙に挨拶をして、ぞろぞろと官邸を出て行く。

客たちに声を掛ける気力も失い、迫水はとぼとぼと官邸を出て、彼らを見送った。

待機させていた運転手が怪訝そうな顔でこちらを見るが、迫水は暗い表情で小さく首を振る。それで、運転手も、当初の予定が崩れたことを悟ったようだ。

客を乗せて発車した別の車を見送るために裏門を出た迫水は、そこにひっそりと立っている男に気付き、ぎょっとした。

「ご苦労さまです」

そう涼やかな声を掛けて顔を上げたのは、まさしく栗原中尉である。

迫水は思わず狼狽《ろうばい》したが、必死に平静を装った。まさかここで射殺されることはあるまい、と自分に言い聞かせる。

「一国の首相にふさわしい、きちんとした葬儀をする余裕がないのが申し訳ないのですが、なにしろ今は昭和維新の礎《いしずえ》を作っている最中ですので、ご勘弁願いたい」

栗原は、迫水に寄り添うようにして静かに囁いた。迫水は、顔が熱くなるのを感じる。聞きようによっては、今弔問客が訪れた遺体は、一国の首相ではないという皮肉にもとれる。

「何度も申し上げるように、我々は私怨《しえん》で総理を殺害したのではありません。ご遺族の方にも、そこのところはくれぐれもはっきりとお伝えいただきたい」

栗原は力を込めて囁いた。

「我々は、必ずや維新をやり遂げてみせます。決して総理の死を無駄にはしません。総理は維新の礎となられたのです」

恐れながらも、迫水はこの男に驚嘆を覚えずにはいられなかった。ここ数日、ほとんど寝ていないだろうに、肌はつやつやとして気力に満ちている。数百の初年兵を統率するだけあって、栗原には不思議なカリスマ性があった。もし自分が十代の頃に彼の下に付いたならば、やはり一も二もなく彼を崇拝していたに違いない。

栗原がスッと身体を引いた。迫水は、目が覚めたような心地になる。

「失礼します」

迫水はそっけなく会釈をすると、そそくさと車に乗り込んだ。陛下と遺族への連絡という、気の重い任務を果たさなければならない。

栗原が窓越しに声を掛けた。

「もし必要とあらば、お二人の遺骸《いがい》を届けさせましょう。ちょうどいい、行き先はお寺なのでしょう？」

「追って相談します」

言葉少なに返事をして、迫水は運転手に車を出すよう促した。

雪の残る黒い道に、ピンと背筋を伸ばして立つ栗原の姿がどんどん小さくなっていく。

栗原の言葉の重大さに迫水が気付いたのは、彼の姿が見えなくなってからだった。

お二人の遺骸。それは、首相と義弟のことだ。やはり、茶番劇は見抜かれていたのだ。

迫水は、なんとも苦い決まりの悪さを噛み締めていた。

だが、問題なのは、そのあとの言葉だった。

――ちょうどいい、行き先はお寺なのでしょう？

迫水は、その言葉の意味するところに気付き愕然《がくぜん》とする。

栗原は、彼らが本郷の寺に首相を匿うつもりでいたことをなぜ知っていたのだろう？　いったいどうやって？　電話を盗聴していたとしても、誰も寺だとは一言も言っていないし、そのことを知っているのはほんの数名だけだ。栗原がそれを知ることができたはずはない。

迫水はゾッとして、全身が冷たくなった。

あの男は未来が読めるのか？

おずおずと後ろを振り返るが、もう彼の姿は見えなかった。

昭和維新。

それまでは、しょせん軍部の派閥争いを正当化する掛け声だけに思え、絵空事に感じていた言葉が急に重みを増してくる。

まさか、本当に？　あんな男がそれを指揮しているのならば、まさか、まさか、本当に為《な》し得るのだろうか。彼は未来を知っていて、維新を起こしたのか。だからこそ、あんな確信に満ちた言葉を語ったのだろうか。

迫水は、暫く後ろを振り返ったまま、誰も見えない黒い道をぼんやりと見つめていた。

こうして、また一人、予定外の男が死んだ。

安藤も栗原も意識はしていなかったが、安藤が「図らずも」殺してしまった鈴木貫太郎侍従長と、栗原が「図って」殺してしまった岡田啓介首相には、ある共通点があった。

かつての日本——この二人が、二・二六事件を生き延びた日本では、破滅の道へとひた走り、無謀な太平洋戦争に突入したあと、甚大《じんだい》な犠牲を払いながらも、敗北の足音が近付く中で、一部では必死の終戦工作が行われることとなる。

鈴木貫太郎。彼は、昭和二十年四月七日から同年八月十五日までという、終戦時の内閣総理大臣を務め、本土決戦を避けてポツダム宣言を受諾するという、終戦工作を進めることになるはずであった。

同じく、岡田啓介も、好戦的な東条英機《とうじょうひでき》内閣を打倒すべく、数年に亘《わた》って政府の内側で奔走し、終戦に尽力するはずの人物であった。

モニターの画面は、どれも緑色のままだった。

部屋の中は、水を打ったように静まり返っている。

「録行不一致でリセットを」

アリスがひきつった声で呟いた。

「なぜ？」

ジョンがぶすっとした顔で、アリスに聞き返す。

アリスは、未だ恐怖の覚めやらぬ顔で、もごもごと口の中で何事か呟いていた。

「今のは――今のは、不一致です」

「どこが？」

ジョンは落ち着き払い、そっけなく尋ねた。

「でも、ハッ、ハッカーが」

アリスは同意を求めるように、みんなの顔を見回した。自分が混乱していることを承知しているらしいのだが、自分でもどうしようもないというのが窺えた。

みんなはしんとして、やはり青ざめた顔でアリスの顔を見つめている。

「このまま様子を見る。『シンデレラの靴』は、不一致だとは言ってない」

ジョンはきっぱりと言い放った。

スタッフの間から、非難と驚きのこもったどよめきが漏れる。

「それより、問題なのは、今のを戒厳司令部も聞いているということです」

ニックが単刀直入に切り出した。

「今の台詞を真に受けて、彼らが動き始めたらどうします？　スパイがいないかと、この付近の捜索を開始したら？　シールドは張ってありますが、彼らがこの部屋を調べたら、我々の存在を隠すことは困難です」

「戒厳司令部が、今の会話をまともに受け取るとは思わない。このご時世だ、帝都にスパイがいることは彼らも承知しているし、そのうち何割かはマークされているさ。いちいちとりあっていたらきりがない。第一、目の前に叛乱軍という大問題があるのに、そうそう彼らがあんな愉快犯に興味を示すとは思えん」

ジョンの平静さは、徐々にスタッフにも浸透していった。

「せいぜい、今の女がどこの番号に掛けたか調べる程度だろう」

ジョンは念を押すように呟いた。

その時、ぴしっ、ぴしっ、という鋭い音がして、みんなの視線がそちらに向いた。

ケーブルに付けてあった目玉クリップが弾け飛んだ音である。

アルベルトが、慌ててクリップを拾って回った。みんなが白けた顔でジョンに視線を戻す。

「アルベルト、君のお遊びもほどほどにしてもらいたいな。この閉塞《へいそく》した空間で、多少の娯楽が必要だという考えも理解できるがね」

アルベルトは頭を掻《か》きながら椅子に戻る。

マツモトは、心臓がどきどきするのを感じた。ハッカーの居場所が特定できたのだ。

どこから？

すぐにでもアルベルトに尋ねたかったが、そういうわけにもいかない。アルベルトも、一刻も早くクリップの中身を確認したいだろうに、知らん振りをしてジョンの話に耳を傾けている。

「ハッカーの目的は何なのか分からないが、我々を動揺させるのが主要目的だと思われる。だが、奴にできるのは、せいぜい今みたいに電話線に紛れ込んで脅かすのが関の山さ。確かに気味が悪かったけれど、今度は再生時間にまでは介入できないだろう。不一致に持ち込むまでもない」

スタッフを励ますための演技だろうが、彼の声には、皆の気分を明るくする力があった。

「それに、今の戒厳司令部が考えているのは、この機会にどうやって軍部の不穏分子と、その背後にいる思想犯を始末するか、だ。いかれた女につきあっている暇はない。『本庄日記《ほんじょうにっき》』にもあったろう——禍《わざわい》を転じて福と為せ、だったっけ。奴らは、こんな悪戯《いたずら》に構っている余裕はないのさ」

ジョンは小さくウインクをしてみせた。

「とにかく今は、『足』の解析を待つんだ。とりあえず大きな不一致でも起こらない限り、ハッカーの雑音は気にするんじゃない。いいな？」

「禍転じて——っていうのはなんのことだい？」

みんなが持ち場に戻ると、そっとアルベルトが話し掛けてきた。

「さっきのクリップは？　どこからか分かったかい？」

「待てよ、まだデータを開けてないんだから。で、なんのことだい？」

「ああ、あれはね」

マツモトはのろのろと答えた。

「『本庄日記』というのは、昭和天皇の侍従武官長が付けていた手記のことで、その中にある文句だ。最初に二・二六事件が勃発したことを報告した時に、陛下が言われたという言葉さ。正確には、『早ク事件ヲ終息セシメ、禍ヲ転ジテ福ト為セ』だったかな」

「ふうん。結構意味深な言葉だな」

マツモトの言葉を暫く吟味してから、アルベルトは感心したように呟いた。

「うん」

相槌《あいづち》を打ちながらも、マツモトは奇妙な感覚に囚《とら》われていた。

ジョンが、あんな細かい史料を読んでいたことが意外だったのだ。

もちろん、みんな忠実な再生をするために、いろいろと史実を予習してきている。中でも細かい史実はマツモトに任されていたこともあって、これまでジョンが自分の知識を披露することはほとんどなかった。「これから起きることは？」と、いつもマツモトに報告させているることからも、彼はあまり詳しくは勉強していないだろうと思っていたのだ。ジョンはプロジェクト全体を統括する指揮官の一人であるし、マツモトのように日本のパートだけをカバーしているわけではない。指揮官はもっと勉強しなければならないことが山とあるのだから、仕方がないと思い込んでいたのである。

だが、思わずポロリと漏らしたように見えたあの一言は、彼に、ジョンに対する根拠のない疑惑を生じさせることとなった。ジョンは相当詳しく二・二六事件に関する史料を読み込んでいるのに、それを気取《けど》らせないようにしているのだ。

そのことが、なぜこんなにもやもやした疑惑を喚起させるのかは、マツモト自身にもよく分からなかった。プロジェクトのための予習であると、素直に思えないのはなぜだろう。

禍を転じて福と為せ。

ジョンのその言葉が、図らずも、彼の心情を吐露したように思えてならなかった。彼が、このプロジェクトを指して、その台詞を使ったような気がしてならないのである。

「なんだい、浮かない顔して」

『目玉クリップ』を『ブックマッチ』に挟みながら、アルベルトがマツモトの顔を覗き込む。

「いや、なんでもない」

そう答えながらも、アルベルトの言葉が脳裏に蘇っていた。

——責任者はプレッシャーが大きいものだし、求められる人格と実際の人格の間で歪みが生じやすいものなんだ。僕は、ジョンがハッカーだったとしてもちっとも驚かない。

ジョンが？

マツモトは、心の中でそう自問してみる。が、すぐに首をひねった。

もしジョンがハッカーだったとしても、それはきっと人格の歪みのせいじゃない。彼がそれをするとすれば、それもプロジェクトの一部であるような気がする。

「もうすぐ出るぞ」

アルベルトがわくわくした声で、『ブックマッチ』の画面を見つめている。マツモトも、その画面に意識を集中させた。

画面が変わり、夥《おびただ》しい文字が並び始めた。

「ほらね、やっぱり」

アルベルトは、むしろ得意そうに中の単語を指差した。

KITANOMARUKOEN

「このあいだのデータも間違いじゃない。こっちのクリップも同じ結果が出るだろう」

やはり、この中に。

マツモトは、絶望と安堵とを同時に感じた。

この同じ部屋の中に、自分の同僚の中に、あの気味の悪いハッキングを行っている人間がいるのだ。一緒に苦楽を共にしてきた人間の中に。

彼はそっと周囲を見回した。見慣れた顔が、いつのまにか見たことのない誰かのように見えてくる。

アリスは、今朝目を覚ましてから何杯目になるのか分からないコーヒーを飲み、首筋やこめかみをしきりに揉《も》んでいたが、強張った筋肉はいっこうにほぐれそうになかった。

少し目を休めたい、と隣の部屋にそっと移動する。もっとも、そこにも大勢の人間が座り込んで仮眠を取っているので、到底ゆっくり休めそうにはなかったのだが。

薄暗い、湿っぽい部屋だが、その暗がりが今は有難かった。

ふと、彼女は部屋の隅で動いている黒い尻尾に気が付いた。

「あら、キティ」

アリスはそっと猫に近付いた。

いつのまに戻ってきたのやら、見ると無心にバリバリとネズミを食べている。

アリスは思わず小さな悲鳴を上げ、慌てて口を押さえると牛乳を取りに行った。

なるべく猫が食べているものを見ないようにして、皿に少しずつ牛乳を注ぐ。

キティは満足そうに、尻尾まで残さずたいらげると、アリスを余裕の表情で見上げた。その顔が得意そうなので、アリスはなんとなくおかしくなった。キティがネズミ捕りにかけては優秀な猫であることは間違いない。

「おまえ、ずっとどこに行っていたの」

アリスはそう話し掛けながらも、彼女の尻尾に黒っぽいガーゼが巻いてあることに気付いた。

マツモトに踏まれた尻尾を、誰かが手当てしてくれたらしい。

それが何度も使い込まれた古いガーゼであるところからみて、ここにいるスタッフが施《ほどこ》したものでないことは明らかだった。恐らくは、外の兵士の誰かが手当てしてくれたのだろう。

アリスは、不意に切ない気分になった。

銃など持ったことのない、子供のような兵士たちが、大勢この事件に参加したのだ。郷里では家を手伝い、きょうだいの面倒をみて、両親に頼りにされていたのだろう。この寒空で露営をしながらも、彼らは怪我した猫に気付いたのだ。

アリスは、激しい絶望と徒労感に襲われた。

なんと愚かなのだろう。なぜ我々は、いつも自分たちを救うことができないのだろう。誰もが救いたい、救われたいと願っているのに、常に我々は破滅へと引き寄せられるのだ。

アリスは暗澹たる気分で、ビロードのような舌を伸ばし、一心に牛乳を舐める痩せた猫の背中を見つめていた。

二度目に顔を合わせた時、変わったな、と安藤は思った。僅かな時間の間に、栗原は一層自信を深めたようだった。その表情からは、確固たる信念が滲み出てくるようだ。

「どうです。まだ何も起きませんよ。岡田は死んだままですが、どんどん時間は経っていく」

栗原は、愉快そうな顔で両手を軽く広げてみせた。

安藤は、理由もなく苛立ちを覚えた。

なぜだ。なぜ不一致にならない？　なぜ時間は止まらない？

彼は、そっと胸に手を当てる。確かに懐中連絡機はあった。栗原もこれを持っているはずだ。いや、これは本当に懐中連絡機なのだろうか。もしかすると、俺の勝手な妄想なのでは？

心がひやりとした。

これは何度目の世界？　本当の歴史なのか？

それは、心の底から突如湧き起こってきた疑問だった。

何を言う、おまえは何度もあの不一致を体験したではないか、一回、二回、自分でも宮城に向かい、不一致を起こしただろうに。

だが、いったん浮かんだ疑問はなかなか消えなかった。

そもそもが荒唐無稽な話なのだ。こうしていると、あの体験が夢のように思えてくる。

あれは本当の体験なのだろうか？

鈴木侍従長は死んだ。そんなはずではなかった。かつてはとどめを刺さなかった侍従長。急所を外し、生き延びたはずの侍従長。彼の記憶の中では、それが正しい事実のはずだった。

正しい事実？　その言葉がずしりと胸に突き刺さる。

そうなのだろうか？　俺の記憶の中にある、あの四日間。あの裁判、あの屈辱は、本当に俺の記憶なのだろうか。果たして本当にあったことなのだろうか。

疑惑は加速する。

これは、もしかして、初めての世界なのでは？

「安藤大尉、よく聞いて下さい。俺はあれから何度も考えたんです」

栗原は、落ち着き払った表情で彼を見た。

安藤はますます不安になって、栗原を見る。

こいつは何を言い出すのだろう。どうしてこいつはこんなに落ち着いていられるのだろう。

「襲撃をしてから、もう丸一日が経ちました。今ごろ宮中では、俺たちを一度に片付けようと、連中が画策している頃でしょう。原隊復帰の命令を出させちゃ駄目です。俺たちは、逆賊になる前に、維新を進めなきゃなりません」

栗原は後ろ手を組み、うろうろと歩き回った。

「それで？」

安藤は興味を覚えた。そんな手段があるものならば、聞きたいものだ。

栗原はぴたりと動きを止め、じっと安藤を緊張した面持ちで見つめた。

その視線に不穏なものを感じた安藤は、ほのかな胸騒ぎを覚える。

平静に見える栗原だが、さすがに言い出しにくいことらしい。

「なんだ、言ってみろ。今更躊躇《ちゅうちょ》しても仕方ないだろう」

痺《しび》れを切らして、安藤は先を促した。

「詔《みことのり》を出します」

ぶっきらぼうに栗原が答えた。

「え？」

よく聞き取れなかった安藤は聞き返した。

「詔を出すんです」

今度ははっきりと聞き取れた。が、安藤は、とっさにその意味をつかみかねた。

「ミコトノリ？」

栗原は、開き直ったように安藤の正面に立った。

「維新の詔を出していただくのです」

「誰に」

「誰にって——決まってるでしょう、陛下にですよ」

栗原は、くるりと安藤に背を向けた。

「おまえ、何を言っているんだ？　陛下は最初から我々を鎮圧せよという一貫した主張をなさっているんだぞ」

安藤はあきれたような声を出した。

「そんなことは分かっています」

栗原はわずかに振り返り、ちらりと安藤に視線を投げた。

「皆まで言わせないで下さい。あの陸軍大臣告示を忘れたんですか」

そのひんやりした声を聞いて、安藤は愕然とした。

「なんだと。貴様、まさか」

栗原は再びさっと背を向けた。

「維新の詔が出された。本当のところは誰が書いたのかは分からないが、そういう文書が手渡され、我々はそれを聞いた。そういう事実だけがあればいいんです」

「貴様、なんということを」

安藤は、今度こそ全身に悪寒《おかん》を覚えた。

「陛下の詔を捏造《ねつぞう》しようというのか」

そう口に出し、その内容のあまりの重大さに空恐ろしくなる。

「噂は何度も出ていたじゃありませんか——もうすぐ維新の詔が出されるであろうという噂が。みんなもそうなるべきだと思い、そうなることを願っていた。それがたまたま本当になったんだ。そうなることが正しい道筋だったんです。誰もが納得する成り行きでしょう」

栗原は乾いた声で言った。

安藤はわなわなと震え出した。

「貴様、気は確かか」

「確かです」

ぷつんと何かが切れたように、栗原は真っ赤な顔でキッと安藤を振り返った。安藤は、思わず気圧《けお》されて後退《あとずさ》る。

「他にどんな手があるというんです。今はまだ上層部も混乱している。そもそも、こんな非常事態に直面して、もう丸一日経ってるっていうのに、いっこうに何の手も打ってこない、もはや何の解決能力もない、どうしようもない軍隊なんですよ。それが俺たちの属する組織なんだ。俺たちは官軍に組み入れられ、メシまで配られた。安藤大尉だって食べたでしょうが？　こんな馬鹿な話がありますか。どう考えてもこの組織は滅茶苦茶だ。今ならどんな文書が出ても、皆疑心暗鬼に陥っているから、本当の出所など誰にも追及できまい。今はまだ、世間の心情は俺たちの方についている。ここで一気に押し切るんです。俺たちの維新を正当化する根拠を自分たちで作るんだ。まだ一枚岩になっていない上層部を揺さぶる機会は今日しかない。詔が出てしまえば、日和《ひよ》る奴らもボロボロ出てくるに違いないんだ」

日和る奴ら。それが、真崎のことを指しているのは間違いなかった。

当初、皇道派の筆頭とされ、皆に維新の牽引《けんいん》役と嘱目されていた真崎甚三郎《まざきじんざぶろう》大将が、この維新を励ます言葉を掛けておきながら、後日そのことを否定し、一人寝返って生き延びたことを知っている、二人ならではの暗黙の了解だった。

「あいつを担《かつ》ぐのか」

安藤は、静かに尋ねた。あの時の、頼みの綱にしていた上官に裏切られたという衝撃は、今でも心に鈍くうずいていた。維新が失敗したことよりも、志を同じくしていたはずの上官に裏切られたことの方が、どんなに傷ついたことか。他の同志も、皆そのことを恨みに思って死んでいったはずだ。

「まさか。もうあいつは担がない。詔が出れば、あいつの方で勝手に担がれてくるかもしれませんがね。俺たちが担ぐとすれば、秩父宮《ちちぶのみや》だ」

安藤はぐっと詰まった。

「宮様は。宮様は困る。それは、宮様のためにもよくない」

「なぜ」

陛下が断固鎮圧を図ったのは、皇道派寄りだったと言われる、陛下の弟の秩父宮を牽制したのだという説は、ずっと謎のままである。

安藤は気が進まなかった。確かに安藤は宮様と親しくさせてもらっていたし、心酔はしていたものの、このような混沌《こんとん》とした状況に巻き込むことは本意ではなかったのだ。

「陛下がご兄弟で反目しあうのは、俺たちの望むところではないだろう」

安藤はやっとのことでそう答える。

栗原は、「何を今更」という目付きで口を開いた。

「でも、宮様を巻き込めば、ますます事態は混乱しますよ。今の俺たちには、混乱が持続することこそが肝要なんだ。陛下のお怒りに、上層部が寄り添って方向転換されては困る。詔を出し、宮様を担ぎ出せば、今暫《いましばら》く事態は収拾できなくなる。宮様が絡《から》むとなれば、統制派の奴らも、闇雲《やみくも》に俺たちを弾圧することはやりにくくなりますからね。詔の真偽と出所を確認するだけで何日もかかるでしょう。四日間どころか、暫く帝都は混迷する。長引いて、上層部の無能さを世間に晒《さら》し続ければ、俺たちにも道が開けてくる」

安藤は、栗原の読みに舌を巻いた。確かに、宮様の名をちらつかせれば、事はかなり複雑になるだろう。解決が長引くことは目に見えているし、宮様の下に集まったということであれば、後の裁判も難しくなる。だが、しかし。

「栗原、頼む。やめてくれ、宮様を巻き込むのは」

安藤は、ただ弱々しくそう頼むことしかできなかった。尊敬していた宮様を、政争の駆け引きに使われるのは、彼の性格からいって耐えがたかったのである。

栗原は、叱咤《しった》するように声を強めた。

「巻き込む、巻き込まないの問題じゃありません。既にみな、巻き込まれているんだ。俺たちが巻き込まなくたって、みんなが色眼鏡で見れば同じことだ。現に、あの時も、宮様は何もしていなかったのに、長いこと宮様が陰の首謀者であるという噂が消えなかったじゃないですか。世間にそういう疑惑を起こさせるだけのものが宮様にはあったということだ。みんなに噂される、そのことだけで、既に宮様は我々の共犯者なんだ」

安藤は、無力感に襲われた。

こうして時間は動いていく。歴史は刻一刻と刻まれていく。一人や二人の力ではどうにもならない。

「どうやって詔を用意する気だ」

安藤は尋ねた。そう尋ねてから、自分が栗原の行為を容認する方向に流されていることに気付いた。

栗原もそのことに気が付いたのか、ようやくホッとしたような表情を見せた。やはり、彼は彼なりに心配していたのだろう。彼の提案を、安藤にはねつけられるのではないかと、心中不安に思っていたことは確かだった。

「文章は考えてあります。あとで安藤大尉も読んでみて下さい。ばらまく間合いが大切だ。今夕、みんながホテルに移動する時が一番いいと思ってるんですが」

目に見えて堅苦しさが取れ、いつもの自信たっぷりの表情に戻った栗原の顔を見ながら、安藤はぼんやりと考えた。

少なくとも、今、歴史の流れは俺ではなく、この男の方にあるようだ。


ぶうーん、ぶうーん、という羽音のような音が静かに重なりあい、やがては一つになって低く共鳴していた。

スタッフの一部がその音に耳を澄まし、終息の気配を感じて集まってきた。

「おっ」

横になっていたアルベルトが飛び起きて、『シンデレラの靴』や『足』の間をちょこまかと飛び回る。にやにや薄ら笑いを浮かべて計器を覗き込む姿は、まさしくＳＦ映画に出てくるマッド・サイエンティストそのものである。

唐突に、ピーッという音がして、部屋は静まり返った。

奥の方で、サンドイッチを食べていたジョンが声を掛けた。

「どうだ、アルベルト？」

アルベルトは嬉々《きき》とした顔で、ジョンに頷いてみせる。

「お陰様で、無事『足』の靴選びは終わったようですよ。では、早速データを検証してみましょうか」

遠巻きにしていた残りのスタッフも立ち上がり、静かにアルベルトの周りにあつまってきた。

「さて、靴との相性はどうだったでしょうね？」

アルベルトは愛嬌を振りまきながらみんなの顔を見回したが、笑顔を返す者は誰もいない。『足』の作業音が消えたせいもあるだろうが、やけに部屋が静まり返っているように思えた。

誰もがかすかに緊張した表情で、アルベルトの手元に注目している。

「なんだか照れるなあ、そんなに見つめないでくれよ」

アルベルトが苦笑し、頭を掻いた。

「おまえを見てるんじゃない、おまえの手を見てるんだ。ほら、さっさと始めろ」

ジョンがブスッとした顔で促したので、アルベルトは小さく肩をすくめた。

「では、データを見てみます」


決起部隊が占拠したこの界隈は、普段からあまり人通りの繁華な地域ではない。

多くの大使館や官邸が点在する、坂の多い宮城の周りには、鬱蒼《うっそう》とした屋敷林が続き、昼間でもひっそりと静まり返っている。

戒厳令が敷かれて以来、ますます辺りは静寂の度合いを増していた。それも、どこかピンと糸の張ったような、重くて熱い静寂である。不穏な色の空の下、灰色の雪と黒みがかった緑が広がっている。

その、雪が残る灰色のぬかるみの道を、身を潜めるように足早に進む兵士たちの姿がある。

叛乱軍ではない。やや中堅の、冷たい感じのする兵士たちばかり、五、六人。

皆目深《まぶか》に帽子をかぶり、統率の取れた動きで無言のまま道を進んでいく。

脇目もふらずに歩いていた彼らは、古びた石造りの建物の前で立ち止まった。

男たちはひそひそ声で言葉を交わした。

大きな椎《しい》の木に隠れるように建っている建物は、あちこちが崩れかけており、既に使われていないことは明らかだ。

「ここはどうだ？」

「でも、ここは元々内務省が使っていた場所ですよ」

「移転したのはいつだ？」

「去年の九月です」

「灯台下《もと》暗しだ。案外こんなところが怪しいかもしれん」

早口で検討したのち、彼らはサッと二手に分かれて建物の中に忍び込んだ。手にはさりげなく拳銃を構え、慣れた足取りで順に入り込む。

建物の中は暗く、さかさまになった椅子や、割れた湯飲みや真っ黒になったやかんなどが転がっていた。窓ガラスも割れて、中の床に破片や砂が積もっているのが見える。

人間がいなくなった建物特有のさびれた冷たい空気の中、男たちは無言で素早く中を探索した。

「誰もいません」

「二階も無人です」

玄関前の石畳に、次々と男たちが集まってきた。

上官と思《おぼ》しき男が、しばし考え込むように顎《あご》を撫でた。ふと、階段の下に小さな扉があることに気付き、足音を忍ばせて近寄ると、サッと扉を開ける。彼は唸《うな》った。

「ふうむ」

そこは、小さな書斎らしかった。階段の真下の空間を使ってあるので、天井も低く斜めになっている。明かり採りの窓は大きく取ってあるが、外から見ても分からないだろう。この入口の扉だって、掃除用具入れにしか見えない。

　内々に使っていたもののようで、こぢんまりとした書棚や書き物机もつましいものである。木の丸椅子が幾つか置いてあり、床が磨《す》り減っているところを見ると、長い年月の間ここで数々の内緒話が交わされていたことは間違いなかった。

「ごく最近、誰かここにいたようだな」

　上官は、机の上を人さし指で撫でた。ほとんどほこりが指に付かない。机の上に何かを載せて作業をしていた気配がある。男がサッと周りを見回すと、他の男たちが残されたものがないか探し始めた。

　しかし、がらんとした部屋の中には、その人物の正体の手掛かりとなるようなものは何も残されていなかった。

「ここからあの狼藉《ろうぜき》が行われたと？」

　返事を促すように一番若い男が尋ねた。男は小さく肩をすくめる。

「分からん。なにしろ、我々が探しているのが何者なのかもよく分からないのだからな。この機に乗じて何かしようと思っている連中は五万といる。帝都には各国のスパイも大勢潜《もぐ》り込んでいるし」

「それにしても、本当にそんなことが可能なんでしょうか。交換手を通さずに、あんなふうに電話線に紛れ込むなんて」

「詳しい方法は不明だが、我々のように録音盤を使っているのは確かだろう。それをなんらかの手段で再生して、我々の耳に入るようにしたのだ。大胆不敵な奴らだ」

上官はいまいましげに唇を歪めた。

「決起部隊の連中が？」

若い男は不安の色を隠さずに呟く。

「いや、それは違うだろう」

他の男が口を挟む。

「奴らにはそんな技術はないし、今更そんなことをする必要もない。やはりいかれた国粋主義の連中か、頭のおかしい思想犯の仕業さ」

「あの女も？」

男たちはつかのま絶句した。傍受していた電話から流れてきた、あの気味の悪い笑い声は、彼らの耳の奥に焼きついていたのだ。

「そうさ。誰かの情婦《いろ》を巻き込んでやらせたんだろう。役者か何かかもしれん。何か我々の知らない仕掛けがあるに決まっている」

上官は語気を強めた。

戒厳司令部では、傍受班を結成して都心の電話局に散らばると、以前からマークしていた思想的危険人物や、決起部隊に参加している青年将校の関係者などを中心に、通信内容を傍受していた。傍受を始めた彼らの耳に飛び込んできたのは、怪しい女の声で帝都に潜む不穏分子の存在を糾弾する、不気味な声だったのである。

この通話を、司令部は重く見た。軍部内だけでも不協和音が絶えないのに、余計なよその集団に動き出されたのではたまらない。

絶対に避けなければならないことだが、宮城付近で撃ち合いになった時のことも考え、決起部隊以外に不審人物が入り込んでいないかどうか、密かに調べることにしたのだった。

ただでさえ、この界隈は一般の人物が入りにくいように作られている。そこここに死角になる場所があって、捜査は困難を極めた。国際情勢も決して穏やかではない世の中である。彼らが参謀本部付の情報将校だと分かると、各国の大使館の方でも目に見えて態度を硬化させ、快く敷地内を見せてくれるところは少なかった。

「列強のスパイかもしれませんね」

外に出て歩きながら、若い男が独り言のように呟いた。

「だって、奇妙じゃないですか。我々だって、帝都じゅうを探し回って、できたてのほやほやの試作品の録音機を借りてきたんですよ。日本じゅう探したって、数えるほどの録音機しかないでしょう。カネのない思想犯どもに、そんなものが調達できるはずがない。それに、あの女の山の手言葉を聞いたでしょう？　どうも私の知っている連中とは様子が違う。列強が絡んでいるか」

言いさして、若い男は唐突に口をつぐんだ。

「なんだ？」

「いえ、その」

「言ってみろ」

上官が促したので、若い男は渋々口を開いた。

「我々の内部にいるかです」

「なんだと？」

「それは要するに、統制派、皇道派ということなんだろ」

男たちの声が、かすかに感情的になる。若い男は小さく首を振った。

「いえ。うまくは言えないんですが」

若い男は少しためらったのち、決心したように口を開いた。

「それとは異なる第三の組織があるような気がするんです。しかも、その組織は我々のことをよく知っている。非常に狡猾《こうかつ》で冷静で、決して表に顔を出さない。私は、この決起事件が起きてからというもの、なんだかおかしな感じがするんです。誰かにじっと見られているような――誰かがこの事件の成り行きをじっと見守っているような。誰かが台本を書いていて、それに合わせて書割《かきわり》じみた芝居をしてるような」

他の者は、きょとんとしたように彼の顔を見ている。

そんな馬鹿な、何を女々《めめ》しいことを、と一笑に付すこともできたが、上官は何かが引っ掛かってその言葉を呑み込んだままにしていた。

情報には匂いがあり、長年携《たずさ》わっていると独特の勘が働くようになる。その勘を馬鹿にしていると、後から大きな事件が起きた時に、あれがそうだったのか、と気付かされることが多い。問題は、その勘が正しいかどうかではなく、その勘が何を意味するのかを読むことが大事なのだ。

そして、実は彼もまた、今部下が口にしたような感覚を味わっていた。どこかで誰かに見られているような感じ。大勢の誰かが上の方にいて、大掛かりな実験の成り行きでも見守っているような感じ。彼は、その感覚にずっとイライラさせられていたのである。

信頼していた部下が、同じ感覚を経験していたことを知って「やっぱり」という気持ちになったのは否定できない。

では、この奇妙な感覚は、何を指し示しているのだろう?

これまで全く経験したことのない感覚なだけに、さっぱりつかみどころがなかったが、だからこそ直感を素直に信じるべきであり、ここはいつにも増して冷静に物事を見るように心掛けるべきだと彼は思った。

「——例えばおまえが、軍の内部で密かに組織を作り、今回の決起事件の成り行きを観察したいと考えたとする」

上官は、歩きながら話し始めた。

「はい」

若い男は、教師に問題を出された生徒のごとく、従順に返事をする。

「おまえがその首謀者だ。軍の内部では相応の地位にあり、目立たずに軍の情報に近付くことができる。おまえは決起軍とは関係がないが、この決起事件を機に、常日頃より温めていた己の目的を果たすために、何かをしようと考えている。さあ、おまえならどこに拠点を構える？」

若い男は、頭の中に、じっとこの界隈の地図を思い浮かべているようだった。が、僅かな間を置いて確信に満ちた声で答えた。

「当然、戒厳司令部の近くでしょうね。逐一《ちくいち》決起部隊と司令部の動きが見て取れるように」

「具体的には？」

「憲兵司令部か偕行社――いっそ軍人会館のどこかという手もありますが、あまりに大胆過ぎるか――いや、でも、同じ建物の中にいるとは誰も思わないだろうから、かえって盲点になるかもしれない」

部下の返事に、上官はこっくりと頷いた。

「方針を変える。陸軍関係の施設を回れ。この決起事件が起きる前から、おかしな動きをしていた者がいないかどうか、さりげなく聞き込みをするんだ。特に、什器《じゅうき》を動かしたり、運び込んだりした者がいないかどうか。建物の中の隅々まで覗いてみろ。怪しい者がいたら、すぐに俺に報告しろ」

男たちは、皆表情を引き締めて頷き、向きを変えて足早に坂の上に消えていった。

石原もまた、募《つの》る違和感に悩まされていた一人だった。

昨夜、帝国ホテルで会談して練り上げた、決起部隊に対する大赦の申請は、にべもなくはねつけられてしまっていた。

だが、それも予定通りのはずだった。今日の午後には、決起部隊の全将校と軍部との会議が行われるが、そこでは互いの意見が平行線を辿り、決起部隊は次第に叛乱軍という名の下にひとくくりにされ、追い詰められていく。そして、今夜半には、陛下から原隊に復帰せよという奉勅命令が下されるのだ。

最後に不一致になったのは、いつだったろう?

石原は記憶を探った。

確か、昨日の夕方だった。たっぷり半日以上は経過している。

全てが順調だということだろうか、と彼は皮肉を込めて考えた。

とてもそうは思えなかった。第一、彼は、岡田首相が史実に反して何者かに密かに殺害されているのを目撃しているのである。あの時は、不一致にならなかったことを「そんなものか」と受け入れていたが、やはりどう考えても一国の首相が死んだか生き延びたかということが、大きな問題にならないとは思えない。

どうやら、奴らはこの事実に気がついていないらしい。

石原は、そういう結論に達した。そして、その結論に達したことで、次々と新たな疑問が湧いてきた。

歴史は忠実に再現されるのだろうか。奴らは、特に手を加えなければ、歴史は自然とかつて起きた通りになぞられると説明していた。少なくとも、今まで他の場所で行ってきた再生はそうであった、と。

ならば、今回は違うのだ。なぜだ?

特に手を加えなければ、自然とかつて起きた通りになぞられる。

つまり、今回は、誰かが手を加えているのだ。明快な理屈である。

問題は、手が加えられていることを、奴らが気付いているのかどうかだ。気付いているのならばとっくに不一致になっているはずだから、やはり気付いていないとしか考えられない。

ここから導き出される推論が幾つかある。

奴らは、あの『シンデレラの靴』と呼ばれる機械に、史実と再生時間の内容が一致しているかどうかの判断を任せている。奴らは幾つかのカメラを決起部隊の占拠地に構え、現在進行中の事件をある程度は目視《もくし》できるようにしているはずだが、その範囲は大したものではないらしい。大部分は機械任せで、目で見るのはせいぜい確認程度なのだろう。ということは、現在のところ、『シンデレラの靴』は、起きている事象を不一致とはみなしていないということになる。これはどうしたことか。

戒厳司令部の隅で、石原は顎を撫でながら考える。

一つ、機械が壊れている。

一つ、現在起きていることが正しい再生であるので、機械が不一致とはみなさない。

こいつは不思議だ、と石原は腕を組み直した。

司令部の中でせわしなく動き回っている兵士たちが、部屋の隅でどっかりと根が生えたように座り込んで物思いに沈んでいる石原に気付き、ぎょっとした顔で通り過ぎていく。

奴らは、そもそもなぜ俺に懐中連絡機を持たせたのだろう。

不一致の謎はひとまず脇に置いて、石原は考えに耽《ふけ》った。

満州事変を工作し、大陸に植民地を作るなどということは、決して奴らから見て歓迎できる行為でないことは確かだ。彼は戦後の文書を見て、自分がやたらとあちこちで傑物扱いされていることに苦笑した。

俺はただの変人だ。法華経《ほけきょう》にかぶれ、紙の上の戦争を夢想した偏屈な男に過ぎない。だが、奴らはこの俺にあの懐中連絡機を持たせた。奴らは、いったい俺に何を期待しているのだろう。歴史を忠実になぞるのならば、鎮圧を指揮した陸軍大臣あたりにでも持たせた方が、よほど能率が上がりそうなものだが。

唯一考えられるのは、自分がどこからも距離を置いていたことだろうか。

日和《ひよ》らない、誰かの紐《ひも》付きでない。そういう意味では、動きやすいかもしれない。思ったことははっきりと口に出すし、決めたことを迷わず実行に移す行動力もある。この上層部の混乱を見れば、彼らがそれなりに有能な官吏ではあったかもしれないが、どうも最後のところで頼りにならない、すきあらばどこかに巻きつこうと保身を考えている連中だという、決起部隊の言い分は全く正しいと思う。

奴らは、俺に何をやらせたいのだ？

黙々と銃器の手入れをしている若い兵士たちをじっと見つめる。その手つきは、習慣的なもので、あまり緊張は感じられない。いざとなったら、その銃口を同胞に向けなければならないことなど考えていない。兵士は考えたら終わりだ。反射で動けなければ、戦場では敵よりも前に斃《たお》れるのだ。

逆に、俺が奴らだったら、俺に何をやらせたいだろう？

あの、大柄な黒人の目を思い出す。幾多の修羅場をくぐり、深謀遠慮に長《た》けたあの目。奴の腹の中には、地獄まで封印して持っていく、死ぬまで口に出せない多くの言葉がしまいこまれているに違いない。上官というのは、そういうものだ。

あの作業を行っているほとんどの随員は、恐らくこの計画の半分も知らされていないだろう。大きな目的を遂行するためには、目標を小出しにする必要がある。兵隊は目の前の仕事を片付けることに専念し、一つ一つの仕事を済ませてから、次の段階の目的を知らされた方が能率がいい。大局を知っているのは、一人か二人でじゅうぶんなのだ。

奴は何を考えているのだろう？

石原の思考は、二転三転する。

どこにいても寛《くつろ》ぐことができ、どこででも自分の思索に没頭できるのが、彼を他人からより理解しがたく感じさせる特性であろう。

本当は、どうなるべきだったのだろうか。

聞かされた歴史や、映像資料が頭の中に次々と蘇る。

本土決戦が行われていたら、日本という国は、アメリカの州の一つになっていたかもしれない——終戦工作が前倒しになり、あの、戦争をすることしか頭にない東条がもう少し早く政権を去っていれば——

たちまち無力感に襲われた。

結局は、どうしようもなかったのだ。他の道を選んだからといって、あれよりも悲惨な結果にならなかったという保証は全くない。現に、他の道を選んだ奴らが、この荒唐無稽な計画に着手したのも、歴史というものが、常に選ばされた唯一の選択肢であったということが判明したからなのだ——

思索に没頭していた彼は、外回りから戻ってきた数人の将校たちに気が付いた。見覚えのある顔。参謀本部付の諜報担当の連中だ。何をうろうろしているんだ?

胸騒ぎを覚えた。

こんなことは、前にはなかった。何を探しているのだろう。あとで聞き出してみなければ。

胸騒ぎといえば、午前中に行われた岡田首相の葬儀も奇妙だった。

石原は、首相官邸の裏門の前で、秘書官と栗原中尉が立ち話をしているところを見かけた。生き延びたはずの首相が殺されて、葬儀はどんなふうに行われるのか興味を覚えたから出掛けてみたのだが、蒼白《そうはく》な顔をした秘書官に顔を寄せて栗原が話し掛けているところは、なんとなく異様な印象を受けた。反射的に引き返したものの、脳裏に二人の表情が焼きついている。

石原は、栗原と安藤が、自分と同じ懐中連絡機を持たされていることを知っていた。

二人は、互いが持っていることは知っていても、俺が持っていることは知らないはずだ。奴らがなぜそのようにしたのかは不明だが、いざとなったら、俺に二人の面倒を見ろということだろうか。少しは俺の階級に敬意を払ったのかも知れぬが。

そこで初めて、彼は、二人の行動を確認してみる必要があることに気付いた。

史実とは異なる時間が流れていることは、既に二人とも分かっているはずだ。彼らはこのことをどう考えているのだろう?

接触は禁じられていたが、遠くから観察する分には構うまい。

石原は、ゆっくりと腰を上げた。


部屋の中は、凍りついたような静寂に包まれていた。

死のような沈黙。だが、現状は死よりも悪い。

「そんな。そんな馬鹿な」

マツモトは、さっきから何度も熱に浮かされたように呟いている。

さしものジョンも、モニターに映し出された二つの曲線を見て、ずっと黙りこくったままだった。

アルベルトですら、あの子供のような悪戯っぽい表情が消え、ひたすらデータを目で追っている。

周囲のスタッフに至っては、もう青白いのを通り越して死人のような土気色の顔をしていた。疲労というのが、いかに人間的な表情だったかというのがよく分かる。

まるでゾンビの集団だな、とマツモトは動転した頭の片隅で考えた。

「――で、いったいどのくらい遡ればいいんだ？」

うめくようにジョンが呟いた。

みんなが恐る恐る、反射的に壁の時計を振り返る。

288：48：16

スタッフの顔に、一様に同じ表情が浮かぶ。焦燥と恐怖。本当に、再生を完了することができるのだろうか？

「その前に」

ニックが喉をごくりと鳴らしながら口を開いた。

「なぜこんな結果になってしまったのか原因を突き止めない限り、これからの作業を続けることができません」

彼は、不吉なものでも見るかのように、モニターの画面に目をやった。

そこにある二つの曲線は、最初のうちは一致していたが、やがて似ても似つかぬ曲線を描いていた。最後の方では、二つの曲線には相当の隔たりがある。

片方の曲線に、二箇所ほど突出している箇所があった。その箇所を境にして、じわじわと二つの曲線は離れていく。

アルベルトが、その二箇所のポイントを拡大して、弾き出されたデータを読む。

「こっちはスズキ侍従長死亡、そしてこっちは」

アルベルトは躊躇した。

「オカダ首相の死亡です」

溜息《ためいき》のようなものが、部屋中に広がった。

「スズキ侍従長死亡、ということはつまり」

アリスが顔を覆った。

「――二十六日未明の襲撃からやり直し、ということになるわ」

消え入りそうな声が漏れる。

「どうして『シンデレラの靴』は、これを不一致とみなさなかったんだろう？　ハッカーの侵入でさえ、ごく短時間とはいえ反応していたのに」

「壊れてしまったんだろうか」

ようやく最初の衝撃から覚めて、善後策を講じようという気配が生まれてきた。

「リセットするならとっとと止めないと。もう正規残存時間はほとんど残されていないぜ」

「これでまた、丸一日以上損したことになる」

焦りの声が次々と上がった。

「ハッカーの影響ということは？」

ジョンがアルベルトに尋ねた。

「それが今のところ一番納得できる説明のようですね。ハッカーが侵入して、『シンデレラの靴』に元々読み込んであった史実を書き換えてしまったという説が」

「おまえは、そうは思っていないようだな」

「他にも、いろいろと可能性のある原因を考えています。問題なのは、『シンデレラの靴』が不一致だとみなしていないのに、『シンデレラの靴』を止めることは不可能だということです。ご存知の通り、読み込んであるデータとの誤差が大きくなることで、『シンデレラの靴』は停止に追い込まれるんですから」

「強制終了はできないのか？」

「できないことはありませんが、機械にひどく負荷が掛かります——特に、蓄積されたデータにはよくありません。これまでのデータも飛んでしまう恐れがある」

「畜生、なんというオンボロだ」

さすがに腹に据えかねたのか、ジョンが幾つか汚い言葉で悪態をついた。

アルベルトは物悲しげな表情を浮かべた。長年可愛がってきた老犬を罵倒《ばとう》されたようだ。

「仕方がありませんよ、世界中で働かされてきたんですから。騙《だま》し騙し使うしかありません。

確かに、このシンデレラはもう老いぼれているんです。ハイヒールを履くだけで、青息吐息です。なんとか『シンデレラの靴』が、自分で不一致を認識する方向に持っていかなければ」

「じゃあ、アンドーたちに連絡をして、何か変わった行動を起こしてもらえばいいんだわ。機械が絶対に不一致だと認識するような行動を」

アリスが叫んだ。

「でも、不一致にならないとこちらからは連絡できないし、一つ問題が」

マツモトがのろのろと口を開いた。

「ハッカーが、どんなふうにデータを書き換えたかによるんじゃないかな」

「どんなふうにって？」

「例えば、これから起きる事象全てを史実だと認識するようにプログラムすれば、何をしても不一致にはならない。ますます異なった史実だけが再生されていく。既にこれだけ違っているんだ。そういうふうにセットされていても不思議じゃない」

「そんな」

アリスは絶句した。

「じゃあ、どうすればいいの？　このまま『シンデレラの靴』を暴走させたままにしておくの？　正規残存時間は刻々と減っているのよ。リセットするのが遅れれば遅れるほど、あたしたちは追い込まれるばかりだわ」

ジレンマに陥ったことは確かだった。じりじりと時間だけが過ぎていく。

「どんなふうにデータが書き換えられているか、機械を動かしたまま調べることはできるのかな？」

マツモトはアルベルトに尋ねた。アルベルトは左右に首を振る。

「それはかなり難しい。リセットするにせよ、プログラムを検証するにせよ、機械を一度止めないと」

呪詛《じゅそ》の声が部屋に響いた。

「それで、機械を止めたとたん、これまでの確定データ全てが吹っ飛ぶ危険があるってことか。八方塞《ふさ》がりだ」

ニックが、お手上げだというように両手を上げた。

「どうします、ジョン？」

アルベルトが奇妙な目つきでジョンを見たので、マツモトは「おや」と思った。

ジョンもそのことに気付いたらしく、かすかな当惑を滲ませてアルベルトの顔を見る。

「何か私に言いたいことがあるようだな。言ってみろ」

「いえね。『シンデレラの靴』は、実は壊れてはいないんじゃないかと思ってね」

アルベルトは、どことなくねちねちとした口調で言った。

「壊れてはいない。侵入したハッカーによって、中のデータが書き換えられているだけだ。ほんの数分前に、おまえもそう認めたと思ったが？」

ジョンは平然と答える。

「ええ、確かにそう言いました。そういう可能性も確かにある、ってね。でも、今、僕は別の可能性にも思い当たったんですよ」

マツモトは、なぜか背筋が寒くなった。なんとなく、よくないことがこれから起きそうな気がしたからだ。ふと、脳裏にまた、遠い潮騒《しおさい》のような音が響いてきた。

ええと、なんだっけ、この音は？　懐かしくて、身体のどこかに染み付いた音。

「何が言いたい？」

部屋の中には、これまでとは違う緊張が漂っていた。みんなが固唾《かたず》を呑んでジョンとアルベルトを見つめている。

「何も手を加えなければ、自然と歴史はかつて起きた事象をなぞる。歴史は自己を修復する。我々は、そんなふうにこれまで説明してきましたね」

アルベルトはわざとなのか、ゆったりした口調で話し始めた。

こうしている間にも、どんどん時間は過ぎていく。正規残存時間もリセットできればいいのに。

ふと、マツモトは奇妙な錯覚を感じた。この外側にもう一つ正規残存時間があって、我々がきちんと再生時間を確定できるかどうか見守っている人々がいて、入れ子になった時間が果てしなく続いていくような――

「でも、これは正確な表現じゃありません。何も手を加えなければ、自然と歴史は『シンデレラの靴』に読み込まれた史実をなぞる。これが正しい表現なんです」

「それがどうした？」

ジョンは、アルベルトの遠回しな表現にも、全く取り合わない。

「この違いが分かりませんか？　つまり、『シンデレラの靴』に予《あらかじ》め読み込ませておけば、歴史はそれに沿って再生されるんですよ。ただ、それはかなり大雑把《おおざっぱ》なものなので、なかなかその通りにきっちりと再生されない。『シンデレラの靴』の誤差というのは、そういう意味なんです」

マツモトは、「あっ」という表情になった。

なるほど、確かにそうも言える。アルベルトは話を続けた。

「スズキ侍従長が死に、オカダ首相が死んだ。これは、誤って起きたアクシデントではなく、そもそも『シンデレラの靴』にそう読み込まれていたから起きた事件なんじゃないんですかね？」

「ほう、それは面白い。そういう考え方は新鮮だ」

ジョンは、あくまでゆったりとした態度を崩さない。

スタッフは、訝《いぶか》しげな表情のままだった。アルベルトが何を言おうとしているのか、それはジョンに関係するものらしいのだが、話の行方が見えないのである。

「あなたもよく知っているでしょう——スタッフも、薄々感づいているはずだ。このところ、プロジェクトがちょくちょくハッカーに悩まされているという噂をね」

マツモトはぎょっとした。

アルベルトは、ここでいきなりカードを切るつもりなのだ。だが、その目的が今一つよくつかめない。ジョンをハッカーとして糾弾するつもりなのだろうか。

ジョンは、むしろ面白がるような表情でアルベルトを見ている。

アルベルトは、ジョンが余裕のある態度を崩さなくても、一歩も引く気配を見せなかった。

「否定はしないよ。これだけの巨大なプロジェクトだから、いろいろと雑音や妨害はある」

ジョンはあっさりと認めた。アルベルトが口を開く。

「僕は、ここ数年、プロジェクトの質が少しずつ変わってきているような気がしていたんですよ。以前は、厳密に歴史を再生しないと人類は助からないというスタンスだった。けれど、最近、どうやら歴史というものは、それほど厳密なものでもないらしい——それこそ、生き物のように、多少の柔軟性はある、というスタンスに変化してきている。『聖なる暗殺』みたいな大掛かりな改変には無理があって、大筋のところは変えられないけれど、ちょうどこの『シンデレラの靴』と同じように、ある程度の誤差は認められる。そのことにだんだん気が付いてきたんじゃないか。それで、プロジェクトでは密かに実験をしてるんじゃないかと思うんです。ハッカーという名目で、『シンデレラの靴』に読み込まれた、史実のデータを少しずつ書き換え、それでも確定することができるかどうか。そして、願わくば、少しでも未来に都合のよいように、ちょっとずつ修正を加えているんじゃないかと」

部屋の中はしんと静まり返っていた。

誰かが緊張に耐えかねたのか、小さく咳《せき》をする。

マツモトは喉の渇きを覚えた。頭の中は混乱している。じゃあ、あのハッカーは予め予定されていたもので――つまり、国連の内部で、プロジェクトの一部として行われていたものでー
ジョンがハッカーでも驚かない。アルベルトの言葉がくっきりと蘇ってくる。

禍を転じて福と為せ。ジョンの言葉も。

「たいへん面白い推論だが」

ジョンは、かすかな微笑《ほほえ》みを浮かべてアルベルトを見た。

「スズキとオカダが死ぬことが、将来どういうメリットになると？」

「そこまではまだ分かりません。なにしろ、確定作業はまだ全部終わってませんからね。国連の上層部がどういう世界を目指しているのかも、僕は知らされてないし」

アルベルトは両肩をすくめた。

「じゃあ、あのおかしな女を電話線に紛れこませたのも、プロジェクトの一部だと？　我々の存在を、再生時間内の人間にさらけだすというのも？」

ジョンは、畳み掛けるように尋ねた。

アルベルトは、再び肩をすくめる。

「あれは、誰かの気まぐれじゃないかと思ってますけどね。その辺りの詳しいところは分かりません。でも、『シンデレラの靴』が壊れていないのに、現実に起きている出来事は史実

と大きく異なっているという事実を説明するには、これが一番納得できると僕は考えているだけです」

またしても深い沈黙がスタッフを覆った。

アルベルトの話に筋が通っていることは認めざるを得なかったが、そこまでの危険を冒して、プロジェクトを崩壊させかねないようなハッカー行為を上層部が行うとは、マツモトにはどうしても納得できなかった。他のスタッフも同じような印象を持ったらしく、当惑した目がそこここで合わされている。

「どうなんですか、ジョン？　このまま『シンデレラの靴』を動かし続けますか？　それとも、データが飛ぶのを承知で機械を止めますか？」

アルベルトは、真正面からジョンの顔を見つめた。

ジョンは余裕に満ちた表情を崩さない。

誰もが、ジョンの口元をじっと注視し続けている。


「それがね、聞いてくださいよ、あっしは前からおかしいんじゃないかって思ってたんだ」

首に手拭いを巻いた、小柄で浅黒い男は、歳月がくっきりと刻み込まれた顔を動かしながらまくしたてた。

「ほう？」

軍人会館の中を回っていた情報将校は、何か変わったことはないかと聞かれた庭師が、突然目を輝かせて擦《す》り寄ってきたのに面食らっていた。

「きっとね、大陸で亡くなった兵隊さんたちが、祖国に戻りたい一念で帰ってきたんですよ。仲間を探して歩き回ってるんだ」

この庭師は、帝都が戒厳令下に置かれて一触即発の状態にあるというのに、庭の枯れ枝を黙々と集めて植え込みの様子を見回っており、とんと危機感はないらしい。

庭師は、機関銃のように喋り続けた。

最初は話が見えなかったが、要するに、軍人会館の最上階の部屋や廊下に、兵隊の幽霊が出るというのである。

どこの出身だろう。かなり東京弁になっているというものの、北関東の出か。茨城？　いや、もう少し内陸の方だな。栃木か群馬辺り。

「だって、ホラ、あそこの隅ッこには、持ち主の分からねえ兵隊さんの遺品がとっといてある部屋があるでしょう。以前から気味の悪い場所だと思ってたんですよ、あっしもあんまりあそこには一人で近寄らないようにしてるんです。賄《まかな》いの娘ッ子たちも寄り付かないね、気味が悪いって。こないだなんかね、たくさんの足音を聞いたってんですよ、誰もいない部屋のはずなのに。大勢の人間が歩き回ってる音がね。びっくりして逃げ帰ってきたんですよ。ついおとついもね、背の高い、おかしな格好をした男が、隅っこの部屋にいるところを見たってんだ、そんなはずはないって言ったんだけどね。それで、いったん怖くなって逃げたんだけど、またすぐに部屋に戻ってみてみたというんだ。だけど、勇気を振り絞って部屋の戸を開けてみたら、中には人っ子一人いなかったっていうじゃないか、たまげたね、まあ、こんな場所だからね、みんな仲間を探して帰ってきたんだよ、仕方ないやね。戦場でいきなり死んじゃって、きっと、兵隊さんも、まだ自分が死んだってことが分かってないんだろうね、かわいそうだよ」

まだまだ話が続きそうになるのをなんとか押しとどめると、将校はニヤニヤしながら待っている仲間のところに戻った。

「つかまったな」

「参ったよ、とんだ幽霊譚《たん》だ」

歩き出そうとして、ふと若い将校は立ち止まった。

「ちょっと待てよ。最上階の隅の部屋と言ってたな」

「あんな話を信用するのか」

せせら笑う仲間の顔をじっと見る。

「行ったことがあるか？」

「ないよ。それこそ、遺品や捨てるに捨てられないものがごっそり押し込まれた倉庫だろ。それより、地下を見てみないか？」

「最上階の隅の部屋」

若い将校は、もう一度呟いた。

「盲点といえば盲点だな。ここを利用する連中が使う場所は決まっていて、誰もあんなところには足を踏み入れない」

「おい、まさか、本当に見に行くのか」

あきれたように仲間が言った。

「なんとなく気になる。おまえは地下を回っていろよ。一回見れば気が済むから」

将校は石造りの階段の踊り場に駆け上がり、上を見上げていたが、やがて決心したように軽やかに階段を上っていく。

それを見送っていた仲間は、理解に苦しむというように小さく肩をすくめ、踵《きびす》を返して廊下の奥に向かった。


その頃、栗原や安藤を始め、決起部隊の青年将校は、陸相官邸に集合していた。決起部隊の将校のほぼ全員が、事件開始後初めて一堂に会したのだった。会談の相手は、真崎、阿部、西の三軍事参議官である。当初、青年将校たちは、真崎大将一人で会議に参加することを望んでいたが、上層部はそれに難色を示した。青年将校が、自分たちの指導者として真崎大将を担ぐことを切望していたことを知っていたので、単独で彼らに会わせることを避けたのだった。更に、山下少将を始め数人の幹部を加えて、会議は開かれた。

そして、それは軍の上層部と決起将校らの最後の会談となるはずだった。

期待と不安、牽制《けんせい》と疑惑が渦巻いている。

栗原と安藤は、硬い表情で少し離れて座っていた。が、頭の中はさまざまな思いでいっぱいだった。

この会談がうやむやのうちに流れてしまうことを知っている栗原は、ここで強く押すべきかどうか迷っていた。この会談を境として、決起部隊は不利な流れへと押しやられる。ここから一気に鎮圧ムードに傾いていったことを覚えている栗原にとって、維新の詔を出す前に意気が削《そ》がれることだけは避けたかったのだ。

それは安藤も同じだった。のれんに腕押しのような、歯切れの悪い上層部の態度は、今でもよく覚えている。

落ち着こうと思っていても、向かい側に座っている、真崎を始め目を合わせようとしない幹部に虫酸《むしず》が走るのを抑えることができない。

なぜかつてはこんな連中を信じていたのだろう。今の表情を見れば、奴らがひたすらこの事件の責任から逃れようとしていることは、すぐに読み取れたはずなのに。

ここで奴らを逃がすわけにはいかない。後で奴らを追い詰め、地獄の道連れにする材料を作っておかなくては。

ドアがノックされ、硬い雰囲気だった部屋にかすかな動きが生まれた。

誰だろう。安藤はドアの方を見る。

ドアを開けて、のっそりと入ってくる人影を見て、ギクリとした。

それは、他の将校も同じだったようで、誰もがかすかに動揺の色を覗かせている。

一方、上層部の大将たちには、当惑に似た表情が浮かんでいる。

どうしてこんなところに。彼らの目は、一様にそう言っていた。

石原大佐。

入ってきた彼は、無表情に部屋の中を見回すと、隅っこの席に、当然のように悠然と腰掛けた。

誰もが大佐に注目し、なぜ現れたのか彼の説明を待っている。

なぜだ？　かつての会談には、彼は現れなかったはず。

栗原は探るような目つきで石原を見た。安藤も同じである。

どうして、今回の会談に彼が現れたのか？

それぞれが牽制しあって、誰かが口火を切るのを待っていた。だが、気まずい沈黙ばかりが部屋に満ちて、誰もきっかけを作ろうとする者はいない。


石造りの軍人会館は、氷室《ひむろ》にでも入っているような寒さである。

天井が高いので、暖房を入れてもなかなか暖まらないのだろう。

ひっそりと静まり返った廊下を歩きながら、若い情報将校は、自分の気まぐれを後悔し始めていた。

こんなところに何かがあると思ったのが間違いだった。いくら大胆な輩《やから》でも、こんなところに秘密の拠点を作るはずがない。第一、こんな人気のないところに出入りしていたら、かえって目立ってしまう。うろうろ一人で階段を上っていったら、人目について仕方ないはずだ。

とんだ勇み足だったな、と苦笑しながら、彼は廊下を進んでいった。

窓の外には灰色の空が広がっている。

先の見えない現実に、ふいに息苦しさを覚えた。

いつになったら戒厳令が解けるのだろう。この事件はどんなふうに決着するのだろう。宮城の周りで流血沙汰になりでもしたら——

その時、彼は、無意識のうちに顔を上げていた。

うん？

何が自分に顔を上げさせたのか、彼にはよく分からなかった。

誰かの気配。大勢の人間がいる気配。

彼は、確かにそんな気配を感じたのだ。

そっと廊下を見回してみる。

静まり返った廊下には、誰もいない。だが、相変わらずその気配は消えなかった。

彼は首をひねり、きょろきょろと辺りを見回した。

最上階の奥の部屋。廊下の奥で視線が留まる。

た。

まさか、そんなはずは。

彼は息を止め、背中にひんやりしたものを感じながらも、忍び足で廊下の奥へと進み始めた。

息を詰めてアルベルトとジョンのやりとりを見守っていたマツモトは、突然奇妙な感覚に襲われた。

うん？

手に持っていたマグカップが、なんだかおかしかった。

何がおかしいのだろう。

マツモトは、じっと自分の手元を見下ろした。

彼は、自分の胸元にカップを持っていた——が、次の瞬間、そのカップは三十センチ左にずれていて——気が付くとまた元の位置に戻っていた。

連続した画面を、途中で飛ばして見ているみたいだ。しかし、手を動かした記憶は全然ないし、腕にも動かした感触がなかった。

マツモトは目をぱちくりさせた。何が起きているのか分からなかったのだ。

顔を上げた彼は、周囲の様子もどことなく奇妙なことに気が付いた。

正面に立っているアルベルト。しかし、瞬《まばた》きするほどの間に、彼はほんの少し隣にずれていた。口をぱくぱくさせ、何かを喋っている。だが、声は聞こえない。

「——にはこれが一番納得——と僕——えているだけです」

またパッとアルベルトの位置がずれている。彼は喋り続けていた。

「——ですか、ジョン？　——が飛ぶのを承知で——か？」

ジョンを見ると、彼は、顔を上げたり下げたりするのを、滑稽《こっけい》な形で交互に繰り返している。まるで、粗雑なアニメーションを見ているみたいだ。セル画をけちって、やたらと動きの大きい下手糞《へたくそ》なアニメ。

「ねえ、なんだか変じゃないですか？」

マツモトは、そう言ったつもりだった。が、自分の耳にも、

「——か——ですか？」

としか聞こえなかった。

隣でアリスが何事か叫んでいる。彼女も異変に気が付いたのだ。が、その彼女の動きもおかしかった。動作の途中の部分が、少しずつ省略されている。アニメというよりも、これは子供が作ったパラパラ漫画みたいだな。俺も、よく教科書の隅っこに描いてたっけ。

アリスは、マツモトを見て叫んでいた。

「何？」

「——ルドが」

「え？」

やがて、みんなもこの異常さに気付いたらしく、誰もが立ち上がって何か言い始めた。もっとも、それらもパラパラ漫画に似た状態で動きが省略されていた。中には、立ったり座ったり、奇妙な動きを繰り返している者もいる。

そうか。時間が進んだり戻ったりしているのだ。なぜだ？　何が起きているんだ？

「シールド——」

アリスの声が途切れ途切れに聞こえた。

ジョンが椅子から腰を浮かせて何か言っている。

「——われ。黙って座れ——ドが動いている」

突然、みんながジョンの指示の内容に思い当たった。

シールドだ。シールドが作動しているのだ。誰かが近くまで来ている。この時代の人間が、ここに近付いているのだ。

誰もが黙り込み、動きを止めた。それでも、相変わらず、壊れたモニター画面みたいに、みんながぶれた動きで左右に揺れている。

シールドが本格的に作動しているのを体験するのは初めてだった。たぶん、ここにいるスタッフのほとんどがそうに違いない。

いったい誰が来たんだ？

みんながドアを注視した。まずいことに、鍵は掛かっていなかった。そのことに気付いたアリスが、息を呑む音が聞こえた。

ガチャリとノブが回り、パッとドアが開いた。

迷信だとは分かっていても、その部屋に近付くのはなんとなく気味が悪かった。今感じた、おかしな気配はなんだろう？　まるで、たくさんの人間がこの壁の向こうで動き回っているような感じがしたのは――

若い情報将校は、いつのまにか心臓の鼓動が速まっていることに気付いた。さっきの庭師に感化されたのだろうか。我ながら、なんと臆病《おくびょう》な。夜中に便所に行けない子供じゃあるまいし。

彼は苦笑しながらその部屋の前に立った。

鍵が掛かっているだろうか？　彼はそっとドアノブに手を置いた。掛かっていればいいのに、と心のどこかで願っていたが、ガチャリとノブが回り、パッとドアが開いた。

中は、意外なことに、がらんとした薄暗い部屋だった。

窓の向こうに、寒々とした二月の東京の空が覗いている。床の上にはほこりが積もり、誰かが足を踏み入れた気配はなかった。

部屋の奥の隅に、「整理整頓」と大きく墨で書かれた紙を貼った木製の掃除用具入れが置かれている。

将校は、面食らったように瞬きをし、しげしげと部屋の中を見回した。

ほとんど何もない。何のための部屋なのだろう。

彼は中に足を踏み入れようとしたが、何かがそれを押しとどめた。

なんだろう、今、嫌な感じがした。まるで、目の前に見えない壁でもあるような——

将校は、しきりに首をひねりながら、そっと扉を閉めようとした。

が、何か後ろ髪を引かれるような気がして、最後にもう一度振り返り、じっと部屋の中を見つめる。

何もない。だが、なんだか薄気味の悪い部屋だ。あんな噂が出るのも無理はないような雰囲気が、この部屋にはある。


誰もがじっと息を詰めて、その若い将校を見つめていた。

扉を開けてこちらを見ているのは、すらっとした浅黒い将校である。星の付いた帽子の下から、黒い目がゆっくりと部屋の中を見回している。聡明《そうめい》そうな、まだ少年ぽさを残している青年だった。

彼に自分たちが見えていないと分かってはいても、生きた心地がしない。スタッフたちは、誰も身体を動かすことができなかった。

彼が身体を乗り出して、部屋に足を踏み入れようとした時には、みんながぎくりとするのが分かった。

今、ここにこの将校が入ってきたらどうなるのだろう？　マツモトは素早く考えた。

シールドがあるから、我々の姿は彼にとって不可視ではあるが、我々が、今現在、物理的にこの場所、この空間を占めていることに変わりはない。彼が進めば、キャビネットにぶつかり、ケーブルに躓《つまず》き、スタッフにぶつかるはずなのだ。

と、彼は足を踏み入れるのをやめ、廊下に身体を引っ込めた。

それでも、彼はしきりに首をひねり、部屋の中を見回している。見えてはいないが、我々の存在を感じているに違いない。

アリスがごくりと唾を飲むのが分かった。

将校が後ろ手にドアを閉めようとしたので、周囲に安堵の気配が漂う。

と、彼はもう一度こちらを振り向いて、じっと何かを見つめている。

その時、マツモトは、足元をサッと何かが走りぬけるのを感じ、そちらに目を向けた。

尻尾に包帯を巻いた小さな猫。

ドアが開いたのを見て、キティがさっと飛び出していったのだ。

アリスとマツモトが慌てて手を伸ばした時には遅かった。

扉を閉めようとして、将校は、足元に何かがまとわりついているのに気付いて飛び上がった。

とっさに、林間学校で聞いた怪談が頭を過《よぎ》る。海で泳いでいた生徒が、波間から飛び出した白い手に足をつかまれ、引きずり込まれて——思わず口から悲鳴が漏れそうになったが、足元にいる何かは「みゃおん」とかぼそく鳴いた。

視線を下に向けると、そこにいるのは痩せた小さな黒い猫だった。人に慣れているらしく、ふくらはぎに頭をすりつけてくる。尻尾には、使い古しの包帯が巻かれていた。

「なんだ」

将校は、ほうっと安堵の溜息をついた。

だが、待てよ。この猫は、いったいどこから出てきたのだろう？

彼は狐につままれたような気分になった。思わず部屋の中を見回すが、どこにもこの猫が隠れられるような場所はない。掃除用具入れがあるが、戸はぴったりと閉められている。扉の陰にでもうずくまっていたのだろうか？　薄暗いし、こんな小さな猫が丸まっていても、気付かないかもしれない。

そっとかがみこんでゴロゴロと喉を鳴らす猫を両手で抱き上げた瞬間、彼は強烈な違和感を覚えた。

はて、この違和感はなんだろう？

一瞬考え込んだが、その答を見つけることはできなかった。

バタンと扉を閉めて、彼は首をひねりながら廊下を歩いていく。

この若い将校が、この時自分が感じた違和感の答を見つけたのは、それから暫く経って、猫を外に放してからだった。

ぬかるみの中に点々と梅の花のような足跡が付けられていくのを見た瞬間、彼は、さっきあの部屋の入口で猫を抱き上げた瞬間、あの部屋に積もったほこりの上に、全く猫の足跡がなかったことを思い出したのである。


扉が閉じて、たっぷり一分以上経ってから、ようやく呪縛《じゅばく》が解けたかのように、みんなが溜息をついて動き始めた。

シールドも作動を完了したらしく、あの奇妙な動きは消えていた。みんなの切れ目のない滑《なめ》らかな動きが新鮮に見えるから不思議なものだ。

「ひえー。寿命が縮んだぜ」

「誰だよ、鍵開けておいたの」

「びっくりした。シールドが作動すると、あんなおかしな状態になるんだな」

誰もが一斉に喋りだす。

ドアの近くにいたスタッフが、そっと鍵を閉めに行った。みんな、目に見えてリラックスする。

「猫が飛び出していった時は、心臓が止まるかと思ったよ」

「あたしだってびっくりしたわ」

マツモトとアリスはこそこそと囁きあった。

「アルベルト、シールドが作動すると、なんであんなふうになるんだい？」

マツモトが興味を覚えて尋ねた。

アルベルトは、ジョンと対決していたところに水を差された形になって、些《いささ》か不満そうだったが、「ああ」と言って口を開いた。

「つまり、あのシールドは、我々がいなかった頃の、過去のこの部屋を再現しているわけさ。あの若い男は、過去のこの部屋を見せられていたってこと。けれど、過去の空間を再現してここに出現させるためには、この場所にも、時間にも、いろいろ無理な負荷を掛けているってことでね。我々が呼吸しているこの時間にも、あんなふうに歪《ゆが》みが出るんだ」

「ふうん。道理で、時間が行ったり来たりしたんだ」

「ちょっと気持ち悪かっただろ」

「ちょっとどころじゃなかったよ」

でも、リセットの体験は、こんなもんじゃないんだろうな、とマツモトは思った。

「――ところで、さっきの話の続きですけど、どうですか、ジョン」

アルベルトはみんなの注意を引き戻すように少し声を大きくした。

ジョンは悠然と構え、小さく肩をすくめる。

「たいへん面白い仮説として拝聴しておくよ。だが、私はその陰謀説には反対だ。やはり、ハッカーがデータを書き換えてしまった方に一票入れるね。そして、私は『シンデレラの靴』を止めるのには反対だ。ここには本部から応援に来たスタッフもいることだし、『シンデレラの靴』を動かしたまま、コンピューターを修理、もしくはデータの書き換えをし直すことを提案する。動かしたまま直せるのならば、それにこしたことはない」

「でも、あのアクシデントはどうします？　史実とは異なる死者が二名出ていることについては？　リセットするなら早くしないと、時間がありませんよ」

ニックが不安そうな声を出した。

「それはよく分かっている」

ジョンは低く呟いた。

「だが、それだからこそ、逆にそうそう簡単にリセットするわけにはいかないのだ。どこまで遡《さかのぼ》って再生するか、いつリセットを掛けるか。慎重に見定める必要がある。再生時間の二月二十七日いっぱい、『シンデレラの靴』を動かしたまま、データのチェックと善後策を考える。いずれにしろ、リセットをしないわけにはいくまい。リセットするなら、一度で済むように、今夜中にそのタイミングを決定する」

有無を言わせぬ迫力で、ジョンはそう言いきった。

アルベルトも、さすがに言い返さない。

「では、すぐにデータの書き換えの可能性について検討を始めよう」

ジョンが指を組むと、スタッフは仕事の顔に戻った。

陸相官邸における、軍事参議官と青年将校たちの会談は、徐々に混乱に陥っていった。その混乱の原因の一つが、石原大佐の参加にあることは明らかだった。

会談の口火を切ったのは、その石原大佐であった。石原は、いきなり決起部隊の原隊復帰を強く迫ったのである。しかし、青年将校たちは、そんなことは露ほども考えるつもりはなかった。なにしろ、この時点では、まだ彼らは官軍に組み入れられていたし、自分たちの訴えは聞き入れられつつあると思っていた。真崎に事態の収拾を一任しさえすれば、全てが願う方向に向かうと信じていたのだ。

だが、石原は強硬だった。今のうちに戻るべきだと主張した。

「じきに奉勅命令が下る。その前に自主的に戻れば、傷は浅くて済む」

将校たち、そして参議官たちも当惑気味だった。元々いったん何かを言い始めたら頑固な男ではあるが、それでもこの時の石原の主張は、やや唐突にすら思えたのである。

「重ねて申し上げますが、我々は真崎閣下に事態の収拾をお願いしたいのです。我々の望みはそれだけなのです」

うるさい石原の話に辟易《へきえき》したらしく、あからさまに不快の色を見せながら、磯部が必死に食い下がった。

安藤は、冷めた気持ちで磯部の言葉を聞いていた。彼は、その主張が決して受け入れられることはないばかりか、真崎たちが自分たちの味方ですらなかったことを知っているのだだから。

真崎たち参議官は、「自分たちにそのような職権はない」と繰り返すばかりである。

栗原は、埒《らち》の明かない会談の行方と（もちろん、この会談がそうなることは最初から承知していたが）、石原の執拗《しつよう》な主張に当惑していた。この会談を境に、自分たちが不利な立場へ、原隊復帰へと状況が傾いていくのを知っている彼は、ここでどうしても真崎に自分たちは決起軍の代表として、責任の一端を負わせるのが肝要だと考えていた。ここで逃がすわけにはいかない。保身しか考えていない男だが、その場の雰囲気の流れを読むのはうまい奴だ。それを利用すれば、こちらに引きずり込むことは可能だ。だが、彼が何かを言おうとすると、すぐに石原が割り込んでくる。原隊復帰、原隊復帰、と耳元で強く言われると、真崎のような男はすぐにその気になってしまう。ここで流れを変えるわけにはいかない。

「しかし、真崎閣下」

石原が口をつぐんだところを見計らって、栗原は口を開いた。

「それはおかしいですね――つい先日も、我々の行動を励ましてくだすったじゃありませんか。我々がここに到着した時ですよ？　我々の気持ちはよく分かっていると言ってくださいましたよね。あの一言で、我々はどんなに力を得たか。さすが、常日頃から、我々が将来を恃《たの》むお方だと励まされましたよ」

栗原は、低い声でゆっくりと、ねっちりした口調で真崎を正面から見据えて言った。

真崎は、ギクリとした顔で栗原を見る。

「若い兵士たちも感激しておりましたよ。いつも、物心両面からご支援を賜《たまわ》っておりましたから、きっときっと、閣下が閣下を慕う我々の心根を無駄にはなされないと信じております」


栗原は、切れ長の冷たい目でかすかに身を乗り出して真崎を見る。

真崎は、気圧《けお》されたように反射的に身を引いた。

「わしは――わしは」

「ご存知のように、我々の試みは成功し、大臣告示をいただいたように、我々の行動は受け入れられました。何を躊躇《ちゅうちょ》しておられるのです？　一緒に軍の内部改革をしていこうではありませんか。世間では、軍の内部の対立を、ただの内輪もめだと考えているようですが、我々に清新な改革ができることを示してやれば、ただの金喰《かねく》い虫だと思われている軍の存在を改めて認めさせ、世論を味方につけることができるのです。この厳しい世界情勢の中で、世論を味方につけないことには、我々の仕事はやりにくいことこの上ありません。実際に、船を造るための金を出すのは、世論を構成する国民なのですからね。どうです、真崎閣下、いつも言っておられるように、今が動くべき時なのです。ここであなたが我々を率いてくだされば、あなたも英雄になれるのですよ」

安藤は、心の中で感心して栗原の言葉を聞いていた。

さすがは栗原だ。彼はうまい具合に、真崎が俺たちと同じ穴の狢《むじな》であることを、さりげなく印象づけようとしている。実際、真崎は、俺たちが決起するのなら経済的にも援助すると何度も我々の前で明言してきたのだから、こうして奴が我々と通じていることを奴に認めさせるのは、決して無駄にはなるまい。

「わしは、そんなことは」

真崎の口が「言っとらん」と動くのを封じるように、栗原は更に語気を強めた。

「もう既に我々の決起から二日間が経過しようとしています。このような膠着《こうちゃく》状態は、軍のためにも、国民のためにもよくありません。どうぞ、ご決断を」

逃がさんぞ、真崎。今度は一緒に地獄まで行ってもらう。

栗原は、心の中で強く念じた。

「ばかばかしい」

石原が、吐き捨てるように言った。

将校たちが気色《けしき》ばんだ顔で石原を見る。

栗原は、心の中で舌打ちをした。また、こいつは邪魔をするつもりか。せっかく今、奴をこちらに引き入れられるところだったのに。

「おまえらの日頃の主張には確かに一理あるかもしれないが、しょせんきちんと手続きを踏まずに軍を乗っ取った連中を誰が信用する？　栗原、おまえだってちょっと考えれば分かるだろう。軍は巨大な組織だ。法と秩序が前提になければ、この大きな組織を動かしていくことはできないぞ。軍人だって、職業の一つなんだからな。いろんな奴らをまとめあげていくには、何よりも秩序がしっかりしてなきゃ話にならん。世論だって、今はおまえたちに同情的かもしらんが、おまえたちが無抵抗の人間を虐殺したことに変わりはない。彼らは時々さざなみが起きるのは喜ぶけれど、結局は安定と平穏を望む。すぐにおまえらが支持を失うのは目に見えてるだろうが。仮に真崎閣下を上に据えてやり直したとしても、今度はおまえたちが決起の対象になる。一度手順をはしょることを覚えたら、他にも同じことをしようと思う連中が出てきても不思議じゃなかろう」

石原はずけずけと言った。

栗原は、無表情を装ってはいたが、心中は穏やかではなかった。

石原の言うことは、全く正しい。正しいだけに、真崎たちがそちらに傾いてしまわないかどうかが心配だった。ここで、動揺や共感を見せてはいけない。

「とにかく、おまえらが改革したいと思っている軍の秩序を維持していくためにも、おまえたちが早々に原隊復帰をすることが肝心だ。軍そのものが崩壊してしまっては、改革もへったくれもないだろうよ」

石原はしつこくそう言い募った。

さっきから黙ってみんなのやりとりを聞いていた安藤は、そこで初めてかすかな疑惑が心に芽生えるのを感じた。

なぜ、大佐はここにいるのだろう。いるはずのなかった彼が、なぜここで頑《かたく》なに原隊復帰を主張するのだ？

ふと、重要なことを思い出した。さっき、彼はこう言わなかっただろうか。

「じきに奉勅命令が下る。その前に自主的に戻れば、傷は浅くて済む」

聞き流していたが、よく考えると、これは奇妙な発言だった。

この会談が終わると、この四日間のクーデターの流れは変わる。安藤たち決起軍は徐々に叛乱軍とみなされるようになり、追い詰められていくのだ。だからこそ、この会談は重要であり、安藤も栗原も、ここで流れを自分たちに引き寄せようと意気込んでいたのだ。それは恐らく成功していただろう――ここに、「かつては」いなかったはずの石原が参加していなければ。

なぜ、石原大佐はここにやってきたのだろう。まるで、我々の作戦を阻止するかのように。

いったん疑惑が生じると、いろいろなことが気になってくる。

じきに奉勅命令が下る。大佐はそう言った。

安藤の記憶によると、実際に奉勅命令が出されたと言われているのは、明日のはずである。もっとも、安藤たちは、その奉勅命令を実際に見たわけではないので、あくまでも「出された」という情報としてしか知らないのだが。

なぜ彼はああもはっきりと奉勅命令が下ると言い切れるのだろう。

その前に自主的に戻れば、傷は浅くて済む。

この言葉も、なんだかおかしい。まるで、このあと俺たちが叛乱軍として、のっぴきならぬ状況に追いやられることを知っているかのような――

安藤は、しげしげと石原の顔を見た。

まさか。まさか、大佐も。

安藤は、その可能性に思い至って栗原の顔を見た。

平然としている栗原の横顔が目に入る。彼は、このことに気が付いているだろうか？

「栗原、おまえの頭で考えればよく分かるだろう。陛下の命が下る前に戻るんだ」

石原は、もう一度重ねて言った。

沈黙が降りる。

栗原はじっと黙り込んでいたが、やがてかすかに笑みを浮かべると石原を見た。

石原は、怪訝《けげん》そうな顔になる。

「実際に出していただかないことには、どうしようもありませんね。我々は誰もが陛下の下で働いているのですから。大臣告示はちゃんと頂戴《ちょうだい》しましたよ、実際に目にしましたからね。そして、そこで我々は認められた。このことを、大佐殿はどう考えておられるのです？我々は、きちんと下達《かたつ》によって行動しているのです。大佐殿のおっしゃる、法と秩序の下でね。大佐殿こそ、おかしな言いがかりはつけずに、我々に協力してくだすったらいかがです？　我々の常日頃の主張は正しいと認めてくだすったことですしね」

栗原は強気に出た。陸軍大臣告示は実際に印刷されている。ここは、あくまであの告示を拠《よ》り所《どころ》にして、押していくべきだ。実際に告示が出ている以上、石原もこれには反論できまい。

真崎がかすかに頷くのが見えた。また、ほとんど表情は変えなかったが、石原がたじろぐのも分かった。

よし。少し引き戻したぞ。ここでもっと真崎を揺さぶってやるのだ。

「それに、奉勅命令ですって？　それはまた奇妙な話ですね——全然話が違う」

栗原は、あえておどけた口調でそう言葉を切ると、効果を狙った。みんなが怪訝そうな顔をしている。

栗原は、安藤と違って、石原が奉勅命令の件を出してきたことを、たいして疑問には思っていなかった。原隊復帰の奉勅命令が、二月二十七日の時点で既に決定されていたことを知っていたし、石原がクーデターの起きた当初から、断固鎮圧を叫んでいたことも知っていたからである。

「——話が違うとは？」

案の定、気になったのか真崎が尋ねた。

栗原は「おや」という顔をしてみせた。

「ご冗談を。閣下もご存知でしょう。おっしゃってたじゃありませんか」

「何を？」

真崎は不安そうな顔になる。栗原は、腹の中でせせら笑った。

ふん。全く、なんという小心な男なのだろう。自分が何かまずいことを言ったのではないかと、内心冷や汗を掻いているに違いない。

「詔《みことのり》ですよ」

「え？」

今度こそ、みんなが口を揃えて目を丸くした。

栗原は、ここぞとばかりに身を乗り出して、うっすらと真崎に笑いかける。

「嫌だな、閣下が教えてくだすったんじゃありませんか。もうすぐ、詔が出されると。既に草案作りが進んでいて、陛下が『維新の詔』を出してくださると、私に教えて下さいましたよね」

「『維新の詔』だと？」

真崎が悲鳴のように叫んだ。青年将校たちからは、「おおっ」という歓声が上がる。

石原は、心から驚いたように目を見開き、栗原を見た。

栗原は、嘘をつくことなどなんとも思っていなかった。ここに陛下の名前を出すことすらも、全く罪悪感はなかった。今この時、真崎を地獄の道連れにすることだけを望んでいたのだ。この望み、かなえてみせる。

「ええ。それを聞いて、もう大丈夫だ、我々の行ったことは間違いではなかったのだと、私も安心しましたよ」

参議官たちは、慌てて互いの表情に目をやった。

「そうですよね、真崎閣下？『維新の詔』が出されるのならば、我々はもう正しい側に立っていると考えてよろしいですよね」

「馬鹿な。そんなことは全く聞いていない。とんでもない嘘だ」

石原が叫んだ。

「嘘ですと？　私は聞いたのです。じきに陛下が『維新の詔』を出されるので、我々は官軍に組み入れられたのだと。逆に、私は、我々が官軍に組み入れられたのだから、確かに『維新の詔』は出されるのだなと得心《とくしん》したんです」

栗原は平然と言い切った。

真崎の顔色がころころと変わる。栗原には、彼の考えていることが、手に取るように分かった。もし詔が本当に出されるのであれば、ここで決起軍に擦り寄っておくのも悪いことではない。決起軍の主張を認めて軍の改革が行われるのであれば、決起軍の精神的指導者である自分にかなりの地位が回ってくる可能性がある。自分はつねづね彼らの言っていることは正しいと励まし、援助をしていたと主張しておく必要があると考えているわけだ。だが、彼は迷っている。ここで、自分が決起軍に荷担しているという証拠になるような、決定的な発言をしてしまうことが怖いのだ。

ふふん、迷え、迷え。

部屋は騒然となった。誰もが口々に興奮して喋る中、栗原と安藤だけが静かに座っていた。

ついに口に出してしまったな、栗原。もうあとには引き返せないぞ。

安藤の視線を、栗原はかすかな笑みで受け止めた。

「どうでしょう」

栗原が口を開いた。みんながハッとした顔で彼を見る。

栗原は、自分が完全に会談の主導権を握っていることに満足していた。

「そちらも情報が錯綜《さくそう》している様子。また六時間後にここで会談を催し、今度こそ我々の軍をどう改革し、今回の事態をどう収拾するか検討するということにしては？」

石原が、嚙み付きそうな顔で栗原を見ている。

その時までには、きちんと『維新の詔』を刷り上げ、みんなに行き渡らせておきますから。

栗原は、心の中でそう呟いた。


『シンデレラの靴』を動かしたまま、その内側に読み込まれたデータを修復するという試みが開始された。

技術者たちは、誰もがピリピリしながら慎重にその作業を行っている。なにしろ、一歩間違えば、それまでに蓄積されたデータが全ておじゃんになってしまうのだ。神経質になるのも無理はない。

その、あまりにも緊迫感に溢れた雰囲気に耐えかねて、交替で休息しているスタッフは、こそこそと部屋の隅に集まっていた。

「ああ、疲れた。どれが正しいのか分からない作業をしているのって、本当にしんどいわ」

アリスが弱音《よわね》を吐いた。

「再生が間に合わなかった時は、いったい何が起きるんだろう」

マツモトが呟く。彼は、日に日にその可能性について考えてみることが多くなっていたのだ。

「縁起でもないこと言わないで。考えたくもないわ」

アリスはゾッとしたように身震いした。

「でも、知りたくはないかい？　本当のところはいったいどうなるのか」

マツモトがそう言うと、アリスは考え込む表情になった。

「そうね――可能性として言えるのは、これまで世界中で行ってきた再生プロジェクトが全て振り出しに戻るってことよ。それこそ、確定したデータが全部飛んじゃうって言えばいいのかしら」

「振り出しに戻るとは？」

「文字通り。全てがリセットされて、プロジェクト実行前の世界に戻ってしまう。でも、それはまだましな可能性ね――下手すると、この日本プロジェクトの四日間が確定されずに破綻《はたん》してしまうことで、そこからほころびが起きるかもしれない」

「ほころび？」

「確定したデータも、確定されなかったデータも、確定しようとしていたデータも、全て壊れてしまうかもね――どちらにしろ、あたしたちが今まで見たことのない世界が出現するのよ。それが果たしてどんな世界なのか、見当もつかないわ」

「ジョンも、それがどういうものなのか知らないのかな？」

「さあね。あたしには、彼がどういう人なのか、どんどん分からなくなっていくわ」

二人は、急に疲労を感じたように黙り込んだ。

「キティが帰ってこない」

ふと、思い出したようにアリスが呟いた。

「さっきドアの鍵を掛けてしまったんだから、しょうがないだろう」

「あら、そうだったわね。もしかして、その辺りに戻ってきてるかも」

アリスは立ち上がり、そっとドアに耳を当てて外の様子を窺っていた。昼間、シールドが作動し、外の将校が入ってくるところを目の当《ま》たりにしているだけに、いかにもおっかなびっくりである。

「鳴き声がする」

アリスは静かにドアを開けた。

「いた」

アリスはパッとかがみ込み、猫を抱き上げてじっとしている。

「ドアを開けたままにするなよ」

そう声を掛けてから、マツモトは彼女の心配そうな様子に気が付いた。

「どうしたの？」

「なんだか、この子、具合が悪いみたい。ほとんど動かないのよ、どうしたのかしら。元々すごく痩せてた子だけど、こんなのは初めて」

「どれどれ」

アリスはドアを閉め、猫を大事そうに抱えて連れてきた。

猫は、ぐったりと力なくアリスの腕の中にうずくまっていた。さっき、出て行った時は元気そうだったのに。

そっと耳の後ろを撫で、猫の顔を覗き込んだマツモトは、その瞬間、全身が凍りついたようになった。

アリスは不思議そうにマツモトの顔を見る。

「――アリス、これは」

マツモトの声がかすれた。手がわなわなと震え出す。

「ＨＩＤＳだよ。この猫は、ＨＩＤＳに罹っている」


やられた。

戒厳司令部の隅に座り込んだ石原は、臍《ほぞ》を噬《か》む思いだった。

栗原め、やりおった。あいつは、わざとあそこで、出されてもいない詔の話を持ち出したのだ。詔が出るという噂は、クーデターの直後から流《る》布《ふ》されていた。奴はそれを逆手に取って、出されることにしてしまったのだ。そんなものがないことを誰よりも知っているくせに、それを使って決起軍に有利な口実を作り出したのだ。そしてそれは、まんまと成功してしまった。

真崎たちは浮き足立って、疑心暗鬼になっている。詔が出されるという噂の出所を必死になって探しているらしい。

あいつは、維新をやり遂げるつもりだ。

かすかな笑みを浮かべて自分の顔を見た栗原を思い出し、石原はそう確信した。

奴め、国連の言う通り、史実に忠実な歴史を再現する気などさらさらないらしい。

ふと、同時に、自分をチラチラ見ていた安藤の顔を思い出した。

たぶん、安藤もぐるに違いない。安藤も栗原も、他の連中が騒いでいるのに平然としていた。

だが、あの目はなんだか妙だった。

石原は、安藤の怪訝そうな目を思い出す。あれはどういう意味だったのだろう。探るような目つき。何かを疑っているような視線。あいつは栗原のように感情を表に出すタイプではないので、どうも昔から何を考えているのかよくつかめない。

石原は、じっとしていられなくなって、立ち上がった。

窓の外は、もう暗くなり始めている。

いったいどうなっているんだ、これは。彼は、腹立たしげに、暗い窓に映る自分の顔を見つめた。

国連の奴らは何をやっているのだろう。これだけどんどんと歴史が違う方向に流れていってしまっているというのに、このまま放っておくつもりか。このままでは、歴史が変わってしまうぞ。

歴史が変わってしまう。

ふと、石原は、その言葉が心に引っ掛かった。

変えられるのか。

そんな問いかけが心に浮かぶ。

俺にも変えられるのだろうか。あの悲惨な歴史を。

石原は、じっと窓を見つめた。ガラスに映った自分の表情は、真っ暗で何も見えなかった。


国の中枢部分を占拠したまま、厳寒の東京で野営をしていた決起軍は、少しずつ移動を始めていた。彼らはまだ、自分たちが官軍であると信じていたし、そう認められたことで決起の目的はある程度果たせたと考え、事態が収拾されるまで、近くの旅館で待機することになったのである。

若い兵士たちがとぼとぼと雪の残る坂道を歩いていく。

いくら若いとはいえ、冬の野営はこたえるし、ずっと緊張し続けていたので、彼らの疲れはピークに達していた。

顔を真っ赤にし、洟《はな》をすすりながら、兵士たちは言われるままに歩いていった。

一人の兵士が、歩きながらもきょろきょろと辺りを見回している。

「何探してるんだ、おまえ」

隣を歩いていた兵士が尋ねた。

「いや、猫を」

「猫だと？」

「ああ、あの猫だろ。尻尾を怪我してて、おまえが引っかかれた猫」

前を歩いていた兵士が振り向いてからかう。

きょろきょろしていた兵士は、八重歯を見せて苦笑した。

「これだろ？　まだちょっと痛むよ」

包帯を巻いた手を、恥ずかしそうに上げてみせる。

「干しイモを残しておいたから、また食わせてやろうと思ってたのに。今朝から姿を見せないんだ。ちょくちょく来てたのにさ」

彼は辺りを未練がましく見回していたが、突然、激しく咳き込んだ。肺に届くような、苦しげな咳である。

「おい、どうした。ひどい咳だな。風邪でも引いたんじゃないのか。あとで、薬を貰ってきてやるよ」

隣を歩いている兵士が、心配そうな顔で背中をさすってやった。

「すまん。風邪じゃないと思うんだが――もともと、俺はあんまり胸が丈夫じゃないんだ。

ずっと焚き火の周りにいたから、木の粉でも吸い込んだんだろう」

「でも、おまえ、朝から顔色がよくなかったぞ。目も落ち窪《くぼ》んでるし、隈《くま》が出来てる。中隊長どのに言って、休ませてもらったらどうだ」

「中隊長どのの足を引っ張るようなことはできないよ——確かにちょっとふらつくんだよなあ。身体が鉛みたいに重い——情けない、くにじゃあ、一日泥の中でレンコン掘ってても平気だったのに、これしきの野営で」

彼は再び咳き込んだ。必死に咳をこらえつつ、背中を丸めて歩いていく。

むろん、彼は知る由もない。あと数時間もすると、急激な衰弱が襲ってきて、自分が動けなくなることを。やがて肺炎を併発し、体内の水分が失われ、見た目には百歳の老人のようになって死に至る運命にあることを。そして、自分の患《わずら》っている病の症状が、半世紀後の未来、ＨＩＤＳと呼ばれる病気の症状とそっくりであることなど、知るはずもなかった。


〈下巻へつづく〉

この作品は二〇〇二年十二月、集英社より刊行されました。
文庫化にあたり、上下巻に分冊しました。

集英社文庫　目録（日本文学）

落合信彦　誇り高き者たちへ
落合信彦　太陽の馬(上)(下)
落合信彦　映画が僕を世界へ翔ばせてくれた
落合信彦　烈炎に舞う
落合信彦　決定版 二〇三九年の真実
落合信彦　翔べ 黄金の翼に乗って
落合信彦　運命の劇場(上)(下)
ハロルド・ロビンス 落合信彦・訳　冒険者たち(上)(下)
ハロルド・ロビンス 落合信彦・訳　冒険者たち 野性の歌(上) 愛と情熱のはてに(下)
落合信彦　王たちの行進
落合信彦　そして帝国は消えた
落合信彦　騙《だま》し人《にん》
落合信彦　ザ・ラスト・ウォー
落合信彦　どしゃぶりの時代 魂の磨き方
お茶の水文学研究会　文学の中の「猫」の話
乙一　夏と花火と私の死体

乙一　天帝妖狐
乙一　平面いぬ。
乙一　暗黒童話
小和田哲男　歴史に学ぶ「乱世」の守りと攻め
恩田陸　光の帝国 常野物語
恩田陸　ネバーランド
恩田陸　ねじの回転 FEBRUARY MOMENT(上)(下)
ダニエル・カール　ダニエル先生ヤマガタ体験記
開高健　オーパ！
開高健 C・W・ニコル　野性の呼び声
開高健　風に訊け
開高健　オーパ、オーパ!! アラスカ・カナダ カリフォルニア篇
開高健　オーパ、オーパ!! アラスカ至上篇 コスタリカ篇
開高健　オーパ、オーパ!! モンゴル・中国篇 スリランカ篇
開高健　知的な痴的な教養講座
開高健 島地勝彦　水の上を歩く？

開高健　生物《いきもの》としての静物
開高健　風に訊け ザ・ラスト
開高道子　風説 食べる人たち
開高道子　ジャムの壺から跳びだして
角田光代　みどりの月
角田光代 佐内正史　だれかのことを強く思ってみたかった
笠井潔　道―ジェルソミーナ
樫原一郎　殺人指令
加地伸行　孔子
梶井基次郎　檸檬
梶山季之　赤いダイヤ(上)(下)
片岡護　明日も食べたいパスタ読本 アーリオオーリオのつくり方
勝目梓　美しい牙
勝目梓　沈黙の叫び
勝目梓　鮮血の珊瑚礁
勝目梓　闇の刃

集英社文庫　目録（日本文学）

集英社文庫　目録（日本文学）

北方謙三　風群の荒野―挑戦Ⅳ
北方謙三　いつか友よ―挑戦Ⅴ
北方謙三　愚者の街
北方謙三　愛《いと》しき女たちへ
北方謙三　傷痕　老犬シリーズⅠ
北方謙三　風葬　老犬シリーズⅡ
北方謙三　望郷　老犬シリーズⅢ
北方謙三　破軍の星
北方謙三　群青　神尾シリーズⅠ
北方謙三　灼光　神尾シリーズⅡ
北方謙三　炎天　神尾シリーズⅢ
北方謙三　流塵　神尾シリーズⅣ
北方謙三　林蔵の貌《かお》(上)(下)
北方謙三　そして彼が死んだ
北方謙三　波《は》王《おう》の秋《とき》
北方謙三　明るい街へ

北方謙三　彼が狼だった日
北方謙三　罅《ひび》・街の詩《うた》
北方謙三　皸《ひび》・別れの稼業
北方謙三　草莽《そうもう》枯れ行く
北方謙三　風裂　神尾シリーズⅤ
北方謙三　風待ちの港で
北方謙三　海嶺　神尾シリーズⅥ
北方謙三　雨は心だけ濡らす
北方謙三　風の中の女
北方謙三　コースアゲイン
北川歩実　金のゆりかご
北川歩実　もう一人の私
北村　薫　ミステリは万華鏡
北森　鴻　メイン・ディッシュ
北森　鴻　孔雀狂想曲
木村元彦　誇り　ドラガン・ストイコビッチの軌跡

木村元彦　悪者見参
京極夏彦　どすこい。
草　薙　渉　草小路鷹麿の東方見聞録
草　薙　渉　黄金のうさぎ
草　薙　渉　草小路弥生子の西遊記
草　薙　渉　第8の予言
工藤美代子　哀しい目つきの漂流者
邦光史郎　やってみなはれ　―芳醇な樽―
邦光史郎　坂本龍馬
邦光史郎　世界を駆ける男(上)(下)
国谷誠朗　孤独よ、さようなら　――母親離れの心理学
熊谷達也　ウエンカムイの爪
熊谷達也　漂泊の牙
熊谷達也　まほろばの疾風《かぜ》
熊谷達也　山背郷
倉阪鬼一郎　ブラッド

集英社文庫

ねじの回転《かいてん》 FEBRUARY MOMENT 上《じょう》

2005年12月20日 第1刷

定価はカバーに表示してあります。

著者 恩《おん》 田《だ》 陸《りく》

発行者 加藤 潤

発行所 株式会社 集英社

東京都千代田区一ツ橋2—5—10

〒101-8050

電話 03 (3230) 6095 (編集)

(3230) 6393 (販売)

(3230) 6080 (読者係)

印刷 凸版印刷株式会社

製本 凸版印刷株式会社

造本には十分注意しておりますが、乱丁・落丁（本のページ順序の間違いや抜け落ち）の場合はお取り替え致します。購入された書店名を明記して小社読者係宛にお送り下さい。送料は小社負担でお取り替え致します。但し、古書店で購入したものについてはお取り替え出来ません。

Printed in Japan

ISBN4-08-747889-0 C0193